Friedel Weise-Ney (Hg.)

Manchmal jaulen, manchmal tanzen wir

Anthologie

Bibliografische Information der Deutschen Nationalbibliothek

Die Deutsche Nationalbibliothek verzeichnet diese Publikation
in der Deutschen Nationalbibliografie; detaillierte bibliografische
Daten sind im Internet über http://dnb.d-nb.de abrufbar.

1. Auflage, November 2021

Herausgeberin: Wilfriede Weise-Ney
www.weise-ney.com

Texte, Fotos und Bilder © bei den Urheber:innen

Titelbild © Friedel Weise-Ney

Gestaltung: Ralf Wolf | autorenservice.net

Herstellung und Verlag:
BoD – Books on Demand, Norderstedt

ISBN: 978-3-755741-04-6

Harald Forst

Michaela Halder

Klára Hůrková

Klaus Jäkel

Mathias Scholz

Friedel Weise-Ney

Tom Witkowski

Manchmal jaulen,

manchmal tanzen wir

Erzählungen & Bilder

Über das Buch

In diesen biografischen und autobiografischen Geschichten begegnen den Lesern Menschen und Tiere, die im Auf und Ab der Gefühle stehen, weil das Schicksal es nicht immer gut mit ihnen meint – Texte, die Botschaften enthalten, die überraschen.

„Manchmal jaulen, manchmal tanzen wir", sagt die Patientin in der Geschichte von Friedel Weise-Ney. Ein Hund schenkt der jungen Frau Kraft, ihr Schicksal anzunehmen.

Mathias Scholz meint schelmisch: „So ein Tier ist doch auch nur ein Mensch", und so behandelte er auch immer die ihm anvertrauten Tiere. Er erzählte den verängstigten Hunden im Tierheim Geschichten. Sie hörten ihm genauso ruhig und fasziniert zu wie früher seine kleinen Töchter bei seinen Gute-Nacht-Geschichten.

„Helene wusste wieder, wie sich Freude anfühlt, wie schön es ist, an jemanden zu denken, und sei es an einen kleinen Hund", berichtet Harald Forst und schreibt: „Die Liebe war schon vorher da, bevor man Geister und Götter erfand, … weil ohne sie kein Kind großwerden könnte, keine Familie, keine Gemeinschaft überleben würde."

Tom Witkowski schildert uns u. a., wie er zum Nichtraucher wurde, weil „Ein Bein ihm Beine machte", und wie er um seine Nase bangen musste. So aufregend kann ein Schauspielerleben sein.

Wenn Michaela Halder von ihrer Kindheit erzählt, dann leuchten ihre Augen, und ich sehe darin Berge, blühende Gärten und Wiesen, aber auch Märchengestalten, also Erinnerungen an ihre überwiegend glückliche Kinderzeit.

Klára Hůrková ist auf der Suche nach ihrem leiblichen Vater und damit nach ihrer eigenen Identität. Beim Lesen ist man ihr sehr nah und zittert mit ihr: Wie wird das Treffen mit den Halbschwestern ausgehen, bleiben sie sich fremd oder werden sie Freundinnen?

Klaus Jäkel bringt die Menschen mit seinen Klangschalen zum Entspannen und zum Schwingen, manchmal auch zum Schweben. Das behinderte Mädchen Jana findet große Freude an den Klangschalen und kann sich kaum von ihnen trennen.

Inhalt

Hund Anna (Foto: Mathias Scholz)

Mathias Scholz

Jeden Tag Besuch

Wir wohnten noch keine zwei Monate in Bayern und hatten seit einem Monat unsere
Arbeit als Tierheimleiterehepaar aufgenommen, da
stellte uns unsere Basset-Hündin Anna ihren neuen
Freund vor. Der Nachbarhund Ben war ihr sehr
zugetan. Über die Hunde kamen wir auch mit den
Besitzern ins Gespräch und es entstand eine bis heute
andauernde Freundschaft zu Birgit und Andreas.

Ben, ein schwarzer, kurzhaariger Schäferhund,
gab gegenüber Anna den seriösen Hundegentle-
man, der auch noch zwei Jahre älter war als sie.
Die beiden mochten sich auf Anhieb. Er behandelte sie, obwohl er viel größer war, nie von oben
herab. Jeden Tag gingen Birgit und Andreas mit
ihrem Hund spazieren und kamen dabei bei uns am
Tierheim vorbei. Anna konnte wegen ihrer Größe
nicht durch die Glasscheibe der Haustür sehen,
doch wenn Ben in Anmarsch war, spürte sie es ins-
tinktiv. Sie konnte ihn über ihr gutes Gehör orten,
zumal Birgits immerwährende Ordnungsrufe kaum
zu überhören waren. Es gab nur eine kurze Begrü-

ßung mit vorder- und rückseitigem Beriechen, dann dackelten die beiden ohne große Emotionen hinter uns her. Wie tief ihre Zuneigung zueinander war, stellten wir erst viel später fest.

So vergingen die Monate. Ben bekam mit seinen zwölf Jahren eine alterstypische Rückenkrankheit, auch Dackellähme genannt. Die Rückenwirbel verändern sich, wichtige Nerven für die Hinterbeine sterben ab, sodass der Hund nicht mehr laufen kann. Entweder er wird steif oder eine OP verlängert seine Lauffähigkeit, so die Diagnose des Tierarztes. Große Hunde werden kaum älter als 12 Jahre.

Leider vergessen wir bei unseren Haustieren das Alter gerne einmal oder wir verdrängen es. Es ist zum Beispiel gar nicht so einfach, wenn man den eigenen Kindern einen Hamster schenkt, der nur eine Lebenserwartung von circa zwei Jahren hat. Das Sterben und die erste Beerdigung sind eine Herausforderung für die ganze Familie, wobei die Grabpflege von den Kindern meist zuverlässiger ausgeführt wird als die tägliche Fütterung zu Lebzeiten.

Unsere Nachbarn entschlossen sich dennoch, Ben operieren zu lassen. Bei einem Spezialisten für Hunderücken-OPs wurde er behandelt. Daraufhin musste der Patient einige Tage in der Klinik bleiben. Anna verstand die Welt nicht mehr. Kein Ben zum Gassi-Gehen mehr. Sie ging in diesen Tagen höchstens zehn Schritte und ließ sich fallen, um genau an dieser Stelle auf Ben zu warten. Kein Schritt vor und keinen zurück ohne ihren Freund. Allein sie wieder ins Haus zu bekommen, war Gewalt an der Leine. Dann kam der Tag, an dem wir den ersten Besuch machen konnten. Ben durfte mit seinen verschraubten Rückenwirbeln noch nicht laufen. Ruhe und wenig Bewegung, so hatte es der Tierarzt verordnet.

Sobald es Nachmittag wurde, war es bei Ben mit der Ruhe allerdings vorbei. Wir verabredeten uns daraufhin zu einem Krankenbesuch. Je näher wir ihrem Freund kamen, desto schneller wurden Annas Trippelschrittchen. Als sie ihn endlich im Zimmer beschnuppern durfte, war die Welt der beiden Hunde wieder im Lot. Anna merkte sofort, dass er sich nicht richtig bewegen konnte, darum legte sie sich einfach neben seinen Korb. Ohne sich weiter zu berühren, waren beide einfach nur glücklich. Die Augen der beiden Hunde sprachen Bände. Beim Kaffeetrinken erfuhren wir alles über die Operation. Erstaunlicherweise kam Anna danach ohne Murren wieder mit nach Hause. Dieses Besuchsritual wiederholte sich von nun an jeden Tag. Anna ging am Nachmittag ohne Eile zum Nachbarn zum „Gassi-

Liegen". Als wir einmal die Zeit verpasst hatten, ging sie ohne uns los. Wenn wir ihr Fehlen bemerkten, konnten wir uns schon denken, wo sie war.

Nach zwei Wochen konnte Ben schon etwas laufen, wobei der erhoffte Erfolg lange ausblieb. Es bereitete ihm immer noch erhebliche Schwierigkeiten, gerade zu laufen. Zum Glück kann ein Basset seine Geschwindigkeit anpassen, ohne dass es auffällt. Anna schnupperte einfach bei jedem Schritt etwas mehr.

Leider konnten die beiden ihre Freundschaft nur noch etwas über ein Jahr genießen. Ben starb mit 13,5 Jahren. Als es geschah, merkte man Anna kaum etwas an. Sie drängte nicht nach draußen, wie damals beim Klinikaufenthalt von Ben. Die beiden mussten sich anscheinend bei ihren letzten Treffen verabschiedet haben.

Zum Altern und zum Tod haben Tiere vermutlich einen anderen Draht als wir Menschen. Tiere sind durchaus zur Trauer fähig. Die Erfahrungen haben uns gezeigt, dass sie dabei im Gegensatz zu uns Menschen viel rationaler sind. Anna starb ein Jahr später. Wenn es einen Hundehimmel gibt, finden sich die beiden sicherlich wieder und laufen jetzt wieder nebeneinander her.

„Das Licht einfangen" (Foto: Friedel Weise-Ney)

Friedel Weise-Ney

Bettnachbarn

Schon zwei Wochen liege ich in diesem Krankenhaus. Wie sagte der junge Stationsarzt neulich:
„Vor die Therapie haben die Götter die Diagnose
gesetzt." Dieser Spruch eines berühmten Profes-
sors ist doch geradezu Blasphemie. Der junge Arzt
hält sich wohl für einen Gott, denn er gibt mir jetzt
schon starke Medikamente, ohne Diagnose.

Mir ist schon klar, dass die Ärzte mich erst richtig behandeln können, wenn sie genau wissen, was
mit mir los ist. Aber warum dauert alles so lange?
Ich freue mich über jede kleine Abwechslung.

Heute morgen saß ich in der Röntgenabtei-
lung, da huschte so ein merkwürdiges Männlein
aus dem Behandlungsraum. Erst bekam ich einen
Mordsschreck, aber dann wollte ich am liebsten
laut loslachen, so komisch sah der Typ aus. Spontan
dachte ich an Rumpelstilzchen.

Die Tagesschau läuft gerade, ich bin eingenickt,
höre, wie ein Pfleger ein Bett ins Zimmer schiebt.

Zwischen den Kissen schaut ein Auge in meine Richtung. Ein dünner Arm schlägt die Bettdecke zur Seite, und das merkwürdige Männlein von heute Morgen setzt sich auf den Bettrand. Ein außerirdisches Monster mit einem riesigen Schädel und kleinem dünnen Körper.

Unter all den Falten blinzeln zwei helle Knopfaugen in meine Richtung, der runde kleine Mund spricht mit schriller Stimme: „Ich heiße Max, und du?" – „Ich bin Gabriel", antworte ich. „Dreißig Jahre, und du?" Das komische Männlein hustet, zwei kleine Löcher schnaufen aus dem Faltenberg, es sind wohl die Nasenlöcher. „Auch wenn ich aussehe wie achtzig, ich bin erst achtzehn. Meine Gene altern jeden Tag. Dreißig werde ich nicht mehr in diesem Leben. Hast du auch schlechte Gene?", pfeift er in meine Richtung.

„Keine Ahnung, sie suchen noch nach einem Namen für meine Krankheit. Jetzt schicken sie Blut von mir nach Amerika und Paris." – „Du hast doch hoffentlich nichts Ansteckendes?", ruft er entsetzt. Ich zucke mit den Schultern. Er zischt ein gurgelndes Lachen aus seinem runden Mund. „Entschuldige, war ein Scherz, nicht so gemeint", ruft er in meine Richtung und dreht das Radio auf volle Lautstärke. Ich halte ihm meine Kopfhörer hin. Er nickt, springt auf, reißt sie mir aus der Hand und steckt sie sich in seine kleinen Ohrlöcher. Vom Nahen betrachtet sieht er aus wie ein riesiges Pantoffeltierchen. Er zieht aus seiner Reisetasche jede Menge Taschenbücher und wirft sie auf den Nachttisch.

„Wir kennen uns doch?", fragt er mich. Ich nicke, denn er hört mich ja nicht mit den Kopfhörern im Ohr.

Plötzlich reißt er die Kopfhörer runter. „Magst du keine Musik?", fragt er.

„Doch, doch, ich mag Jazz, und du wirst lachen, auch Orgelmusik. Ich bin müde von den Medikamenten." Er nickt und nimmt sich ein Buch vom Stapel. Der große Schädel wackelt und mit ihm die Falten im Gesicht. Wie Wellen, die an einen Felsen schlagen, denke ich und schlafe ein.

Eine Krankenschwester rüttelt mich an der Schulter: „Ich habe Ihnen das Abendessen auf den Tisch gestellt." Beinahe hätte ich es verschlafen. Am Tisch sitzt schon mein Bettnachbar. Seine dünnen Beine baumeln unterm Stuhl, seine Ärmchen streifen den Tellerrand. Mit großer Anstrengung schmiert er sich die Butter aufs Brot. „Kann ich dir helfen?", frage ich und setze mich ihm gegenüber. „Danke, geht schon", pfeift er aus dem kleinen Mund. „Magst du meinen Apfel? Mir reicht die Tomate."

Ich danke und greife mir seinen Apfel vom Tablett. „An apple a day keeps the doctor away".

Er lacht. Schweigend kauen wir unsere Brote und gehen sofort ins Bett.

In der Nacht erwache ich mit Klopfen in der Brust, ich hatte wieder einen Albtraum. Ich erinnere mich nur noch daran, dass ich in einem Zug saß und nicht wusste, wo er hinfährt. Im Licht der Notbeleuchtung sehe ich einen großen Schädel mit Kopfhörern aufrecht in den Kissen. Max wiegt seinen faltigen Kopf auf und ab, hält ein Buch in den Händen.

Mein Wecker zeigt zwei Uhr nachts. Schwester Ellen kommt lächelnd ins Halbdunkel unseres Zimmers. Meinem neuen Bettnachbarn Max reicht sie ein Gläschen mit irgendeiner Flüssigkeit. „Prost," ruft sie ihm zu.

„Gute Nacht. Wollen sie auch einen Schlaftrunk?" fragt sie mich. „Gerne", antworte ich, „die Nacht ist ja leider noch nicht vorbei. Ich saß eben noch in einem Zug und wusste nicht, wohin die Reise geht." Ellens Lächeln gefriert. „Bitte sprechen Sie doch mit unserem Chefarzt, der soll Ihnen sagen, wo die nächste Station auf der Reise liegt", antwortet sie und reicht mir ein Gläschen mit Schlaftropfen.

Beim Frühstück fragt mich Max, mein Monstermännlein: „Warum bist du hier? Ich bin nur Versuchskaninchen, ohne Chance auf Heilung, und du?" Ich schlucke gerade ein Stück Käse runter, huste und sage: „Ich bin auch Versuchskaninchen, sie wissen nicht, was ich habe. Die Lunge ist voller Flecke unbekannter Herkunft. Die Medikamente schlagen nicht an."

Er legt seinen Faltenkopf zur Seite und schielt zur Decke, trinkt aus seiner Schnabeltasse und fragt:

„Was machst du beruflich? Ich studiere." – Ich bin platt und stottere: „Ich habe Kunst und Pädagogik studiert, gerade habe ich eine Stelle als Lehrer angeboten bekommen,aber wegen meiner Krankheit nicht antreten können." – „Ich verstehe", hustet er, „ich werde gar nicht erst so weit kommen. Ich studiere Literaturwissenschaften und Französisch. Die Mitstudenten mobben mich, das bin ich schon aus der Schule gewohnt. Ich bin übrigens Schriftsteller."

Nun verschlucke ich mich, eine Traube steckt mir im Hals, ich muss husten. „Du schreibst, was denn?", frage ich. „Ich schreibe Jugendliteratur. Mein erstes Buch handelt von einem Jungen, der weiß, dass er bald sterben wird. Ich kann dir das Buch mal ausleihen."
Am Nachmittag habe ich sein Buch in einem Rutsch ausgelesen, es gefällt mir. Mit melancholischem Witz

hat er über den Tod geschrieben. Der trat als Freund auf, machte dem Jungen Versprechungen, erzählte ihm, was er nach seinem Leben alles bekommen würde: „Es gibt ein Paradies mit schönen Mädchen, großen Schlössern, goldenen Früchten an den Bäumen", meinte der Tod.

Aber all das Versprochene trat nicht ein. Als der Junge tot war, kam er zwar ins Paradies, denn er hatte ja nichts Schlimmes im Leben getan, aber dort war nichts, kein Mensch, kein Baum, kein Schloss. Was er dort auf einem großen Platz liegen sah, war ein Spiegel. Er sah hinein und erkannte sich und war glücklich. „Sich selbst zu sehen, so wie man ist, das ist eins der größten Geschenke", steht da in seinem Buch.

„Schön", sage ich, dein Buch macht Hoffnung, danke. Wir sollten mal darüber reden." Unter all den Falten sehe ich ein Lächeln.

„Max und Gabriel, zwei Künstler in einem Zimmer also", rufe ich. Wieder verziehen sich die Falten zu einem Lächeln. „Ein Engel mit Schwert und eine Witzfigur von Wilhelm Busch, würde ich sagen", gibt er zur Antwort. Nun lachen wir beide.

Ich beginne in meinem Zeichenblock dieses Lächeln festzuhalten. Es sieht aus wie eine schrumplige Kartoffel. Ich versuche es noch einmal, nun sieht mich ein alter freundlicher Mann vom Papier an. Ein von der Witterung gegerbtes Seemannsgesicht. Ich zeige es Max, er ist begeistert. „Darf ich die Zeichnung haben?", fragt er. „Sie passt in mein neues Buch, es handelt von einem Fischer. So eine Art Nachempfindung von Hemingways Buch ‚Der alte Mann und das Meer'. In meinem Buch bin ich der Alte. Kurz bevor es mit dem Leben zu Ende geht, will ich noch jemanden retten. Aber es ist kein Fisch, auch kein Ertrinkender. Es ist ein Ungeheuer, das mich aufs weite Meer hinaus ziehen will." –

„Klingt wie Moby Dick", antworte ich. Wieder müssen wir lachen.

Nach dem Frühstück kommen zwei Pfleger mit Rollstühlen. Sie holen Max und mich ab, fahren mit uns zu verschiedenen Abteilungen. Vor dem Mittagessen sind wir wieder im Zimmer und spielen Karten. „Was hat dich an meinem Buch gestört?", fragt er. Ich überlege und beginne zu stottern: „Das Bild vom Spiegel im Paradies, ist das nicht zu philosophisch für Jugendliche? Ich musste zuerst an mein eigenes Gesicht morgens im Badezimmerspiegel denken. Ich sehe schrecklich aus. Früher war ich mal richtig attraktiv, möchte ich behaupten. Dann wusste ich aber sofort, was du meinst. Na, ich bezweifle, dass sich die meisten Menschen je über ihr wahres Ich, über ihr Wesen Gedanken gemacht haben. Ich erinnere mich an ein Märchen aus Flandern. In ihm kamen drei Spiegel vor, die eine Hexe für einen Prinzen verzaubert hat. Der Prinz wollte mit den Spiegeln den Wunsch eines schönen Mädchens erfüllen. Als Dank hat er der Hexe beim Sterben geholfen und den Teufel verjagt, der sie mitnehmen wollte. In dem einen Spiegel hat die Alte das Leuchten eines Sterns eingefangen. In dem zweiten Spiegel hat sie den Widerschein des silbernen Mondes gefangen und im dritten Spiegel die glühende Sonne.“

Max antwortet: „Schönes Märchen, sicher auch schönes Mädchen. Das Rätsel mit dem Spiegel löse ich im zweiten Teil des Buches auf. Der Junge hasst sich, weil ihn eine Krankheit entstellt hat und alle Freunde sich von ihm abgewendet haben. Erst beim Blick in diesen besonderen Spiegel beginnt er sich zu lieben.“

Ich lache laut auf. „Sicher ist er Künstler, wie du und ich. Wir sind doch alle Narzissten oder etwa nicht?“ „Nein“, protestiert er, „so ist es nicht gemeint, es geht um mehr.“

„Sei mir nicht böse“, sage ich, „aber ich glaube, ich muss dein Buch noch einmal lesen.“

„Liebst du auch das Meer?“ fragt Max. „Ich war noch nie am Meer, ich wollte immer hin, keiner war bereit, mich, das alte Kind im Rollstuhl, ans Meer zu begleiten. Meine Eltern haben es wirklich schwer mit mir und außerdem kein Geld. Das Schlimme ist, ich darf nicht in die Sonne. Meine Haut schlägt sofort Blasen und pellt sich. Am Meer soll immer Sonne sein. Sie scheint auch durch die Wolken durch, sagt man." –

„Ja", antworte ich, „das Meer reflektiert die Sonnenstrahlen. Es ist wie ein großer Spiegel, strahlt auch auf uns. Wenn wir wieder draußen sind, dann fahre ich mit dir ans Meer. Du bekommst einen Tarnanzug gegen Sonnenstrahlen und eine Schwimmweste."

Wir müssen beide lachen. Die Falten in seinem Gesicht ziehen sich bis zu den Ohren.

„Max, du musst unbedingt das Meer an einem klaren Sommertag sehen, dann ist es von einem besonderen Blau. Wolken, Sonnentiefstand oder eine andere Jahreszeit verwandeln es in einen silbernen Spiegel oder auch in ein fauchendes Ungeheuer. Bei Sonnenuntergang ist es wie ein pochendes Herz, aber auch wie ein großes Feuer. Wenn wir Künstler all das malen, wirkt es wie Kitsch. Für mich ist das Meer die Seele der Erde."

Max denkt nach, die Falten an der Stirn werden tiefer.

„Dann ist es eigentlich ein idealer Ort, um für immer hinein zu tauchen." –

Ich überlege: „Das kann man auch anders sehen, ist es nicht auch spannend, in diese Seele hinein zu tauchen, um in seiner Tiefe etwas Neues zu entdecken? Das Meer birgt viele Geheimnisse, unbekannte Pflanzen und Tiere, versunkene Städte, Kunstschätze." Max lacht: „Dann tauche doch mal in deine eigene Seele, vielleicht entdeckst du da auch Überraschungen."

„Du hast recht", antworte ich. „In meinen Träumen bin ich ständig auf der Suche nach Verborgenem. Gestern war ich eine Amsel. Ich saß im Baum vorm Fenster und sang mir die Kehle aus dem Leib. Die Sonne stand tief, ihre Strahlen fielen auf eine große Reklamewand mit einem riesigen lächelnden Mund. Ich konnte nicht aufhören, hinzuschauen und zu singen. Plötzlich spuckte der Mund Seifenblasen, riesige Bälle. Sie schillerten in allen Regenbogenfarben. Sie flogen in meine Richtung. Ich – also die Amsel – wurde von einer der Seifenblasen eingeschlossen und schwebte mit ihr davon. Als ich hinabsah, erkannte ich unter mir einen Friedhof. Da platzte die Blase und ich stürzte singend hinab. Da begriff ich, dass ich ein Vogel bin, der nicht mehr fliegen kann."
Max schaut nachdenklich zur Decke, als ob er dort etwas sucht, eine Amsel oder eine Antwort?

„Du bist vielleicht nur eine Amsel mit gestutzten Flügeln, die können in der Luft gleiten, also stürzt du nicht ab. Solange du singen kannst, ist doch alles nicht so schlimm."

„Danke, Max, du machst mir Mut. Wenn wir hier raus sind, nehme ich dich zum Segeln mit, natürlich auf dem Meer."

Wieder müssen wir lachen.

„Und ich spiele dann den Klabautermann, abgemacht!", ruft er und zieht die Bettdecke über den Kopf.

Harald Forst: „Vor dem Licht", Collage, Öl auf Karton

Harald Forst

Die Platzanweiserin

Annegret steht im Licht, im Zugang zu einer der Einlasstüren zum Konzertsaal. Sie ist Platzanweiserin; von der Aufregung im Saal bekommt sie nur wenig mit. Sie kann die Stimmung, die Euphorie der Zuhörer nur an den lauten Stimmen, den Blicken, den rascheren Bewegungen beim Verlassen des Raumes spüren. Üblicherweise gibt es nur ein Raunen, eine ehrfurchtsvolle Zurückhaltung angesichts der klassischen Klangkunst, eine gemessene, ruhige, im Gedränge trippelnde Schrittweise, die sich nur vor den Toiletten und vor der Getränketheke beschleunigt.

Musik kennt keine Grenzen. Von einigen Musikfreunden wird sogar Gott ins Feld geführt. Sie glauben, dass er durch Musik die Menschen berührt und daher wunderbare Klänge geschaffen hat. Heilig soll so manches klassische Stück sein und die Instrumente heilige Waffen.

Die Platzanweiserin hat die Anweisung, freundlich anzuweisen, gelegentlich jemanden abzuweisen, ihn

oder sie weiterzuweisen. Sonst hat sie nicht viel auf-
zuweisen. Ihr schwarzes, uniformähnliches Kleid ist
Dienstvorschrift.

Sie trägt in der Freizeit bunte, geblümte Kleider, Jeans oder am liebsten eine Art Trainingsanzug,
dessen Ärmel sie hochstreift, damit man die Täto-
wierungen auf den Unterarmen sehen kann.

In letzter Zeit ist Annegret ziemlich nieder-
geschlagen, denn ihre Schwester ist schwer krank,
schon „vom Tod gezeichnet", wie man sagt. All das
macht ihr das eigene voranschreitende Alter bewusst.

Annegret liebt Schlager, Popmusik, alles was
Glück und Liebe vorgaukelt, was sich in simplen
Harmonien in ihr Gehör schleicht.

Was sich im Konzertsaal abspielt, was die
Gemüter der Bildungsbürger in Schwingungen
versetzt, was sie von den an ihr Vorbeigehenden in
Bewegungen und klugen oder blöden Aussprüchen
vernimmt, geht an ihr im Sinn der Worte „einfach
vorbei". So, wie eine andere, fremde Sprache, deren
Sinn sich ihr nicht erschließt.

„Ein bisschen Frieden", das ist eines der Lieder,
die sie für schön und kritisch hält, die ihrem Ideal
von Menschlichkeit, von Zusammenleben und von
Politik entsprechen. Ab und zu kommt ein Geiger
hinzu, ein Holländer, der klassische Musik spielt,

die offenbar alle Bevölkerungsschichten berührt, die einfach schön ist.

Zuhause legt sie manchmal eine CD auf, die sie zu Tränen rührt. Sie denkt dabei an ihre Schwester, an die gemeinsame Kindheit, an Vater und Mutter, an eine Vergangenheit, die ewig zurückzuliegen scheint, die in einem Grau, einem undeutlichen bewegten Bild schwimmt, verschwindet. Das war gestern. Was ist heute? Gibt es ein Morgen?

Morgen wird sie wieder als Platzanweiserin vor dem Konzertsaal stehen, wird wieder jungen Frauen in schicken Kleidern und älteren Frauen mit Glitzerschmuck an Ohren, Armen, Fingern und um den Hals herum sagen, wohin sie sich setzen sollen, während die Männer, gleich welchen Alters, natürlich immer wissen, wo ihr Ziel ist. Männer, die immer Recht haben, auch wenn sie sich auf einen falschen Platz setzen. Als Platzanweiserin ist sie natürlich äußerst zurückhaltend, höflich und betont freundlich.

Annegret freut sich bereits auf „Ein bisschen Frieden" zu Hause.

Soll sie noch mal bei ihrer Schwester vorbeischauen? Nein, es ist schon zu spät. Die Schwester wird längst schlafen und der gute Heinz sicherlich auch.

Sie geht am nächsten Morgen zu ihr. Doris sieht einfach sterbenskrank aus. Aber Doris wirkt irgendwie gelassen und ruhig. Die Schwestern umarmen sich, wobei sich Annegret tief über das Bett beugen muss. Der Geruch der Schwester hat sich verändert. Sie spürt die Schwäche und ein bisschen den Schweiß. Beide weinen, wobei die Kranke die Gesunde anlächelt.

„Mensch, ärgere dich nicht", denkt Annegret. Das hatten sie gespielt und sie, die jüngere, hatte meistens verloren. Das konnte sie damals nicht gut aushalten, fühlte sich unterlegen und schwach und hatte sich geärgert. Jetzt würde sie die Schwester verlieren, und sie fühlt sich noch schwächer, hilfloser, trauriger.

Karl-Heinz, Doris' Mann, der Hausmeister, war bei einem der Mieter, musste wohl irgendwas reparieren.

So waren sich beide Schwestern so nah wie seit vielen Jahren nicht mehr. Allein miteinander wie im gemeinsamen Kinderzimmer, das damals ein Zeichen von wachsendem Wohlstand war, andere Kinder hatten allenfalls eine Spielecke im Elternschlafzimmer oder im Wohnzimmer.

Die Schwester spricht kein Wort, aber bei beiden tauchen die Bilder der Vergangenheit auf, die gleichen Situationen, die sie natürlich unterschiedlich wahrgenommen hatten: Abendbrot mit den Eltern, wenn der Vater wieder zu Hause war und sie ihn beide überfallen hatten mit ihren kleinen Zärtlichkeiten, eifersüchtig darauf bedacht, nicht weniger Gegenliebe zu erhalten als die andere bekam. Beide saßen jeweils an einer der Breitseiten des Küchentisches, die Eltern an den Schmalseiten, so dass beide zu beiden Eltern den gleichen Abstand und die gleiche Nähe hatten. Ausgewogen war das alles. In ihrer Kindheit war alles ausgewogen, so dass sich alles fast neutralisierte, das Gute und Schlechte sich aufhoben, Konflikte vermieden wurden, dass nur ein bisschen Frieden übrig blieb.

Es entstand keine deutliche Kraft zur Veränderung, keine Bestrebungen, sich etwas Besseres zu erkämpfen, sich eine größere Bildung zu verschaffen, kein Bedürfnis, etwas Besonderes zu leisten oder zu schaffen.

Annegret war mit allem zufrieden. Nur jetzt nicht mit dem nahenden Tod der Schwester. Das machte sie unzufrieden und wütend. Es gab keine Ausgewogenheit mehr, es war einfach ungerecht, diese verfluchte Krankheit.

Aber man kann doch keine Erkrankung beschuldigen. Nur den, der sie verursacht hat. Aber wer hat sie verursacht? Ihr fiel niemand ein. Wer hat sie zugelassen? Da fiel ihr der Allmächtige ein. Er hat es zugelassen und offenbar gewollt, dass ihre Schwester sterben muss, oder hat er es nicht gewollt, aber nicht beeinflussen können, dann wäre er nicht allmächtig. Zum ersten Mal in ihrem Leben wagte sie solche Gedanken voller Zorn und voller Vorwürfe, mit dem Mut, sie an die allerhöchste Stelle zu richten. Aber von dort kam keine Antwort.

Morgen wird sie wieder mit allen offenen Fragen im Theater stehen.

So ein Theater ist doch auch das ganze Leben:
–   Bühnenboden ohne Balken – bodenlos
–   Himmel drüber ohne Dach – riesengroß

„Der RTW" (Foto: Tom Witkowski)

Tom Witkowski

Nasenbein-Trümmerbruch

Unser erstes Wohnmobil, das war ein ehemaliger Rettungs-Notarztwagen der Aachener Feuerwehr, den ich mit viel Geschick und Liebe zum Detail ausgebaut habe. Wir haben mit diesem Wagen die herrlichsten Fahrten gemacht. Den Wagen durfte ich als Stadtangestellter ersteigern, nachdem er den einhunderttausendsten Kilometer gefahren hatte. Als Schauspieler des Theaters der Stadt Aachen hatte ich einen Vertrag als Regisseur und 1. Charakterspieler.

An die erste schmerzhafte Begegnung mit diesem Notarzt-Rettungswagen kann ich mich sehr gut erinnern: Ich probte mit der Kollegin Gabriele Ropertz im Jahr 1983 das Shakespeare-Stück:

„Der Widerspenstigen Zähmung" – Meine Rolle war der Petruchio. Wir hatten noch 14 Tage Zeit bis zur Premiere und probierten alle möglichen spektakulären Tricks aus. Als Bühnenbild hatten wir eine Zirkusarena, welche ganz herrlich zu bespielen war.

Auf dem Trapez mit circensischen Nummern fühlten wir uns wohl. Aus so einer launigen lockeren Atmosphäre heraus bot ich meiner Partnerin einen Sitzplatz an, den sie gern annahm. – In meiner Rolle war ich launig und frech und schlüpfte gerade noch vor ihr auf die Sitzgelegenheit, worauf sie, wie ein kleines Mädchen, zornig mit beiden Ellenbogen nach hinten schlug. Da ich aber zuerst auf dem Stuhl saß, kam sie auf meinem Schoß zu sitzen. Gabi hatte eine höhere Sitzposition und ihre Ellenbogen waren genau in Höhe meines Gesichtes.

Ihr Ellenbogencheck entwickelte sich zum klassischen Karateschlag, und dieser traf genau mein Nasenbein. – Ein Sternenregen entzündete ein Feuerwerk in meinem Kopf, und ich hatte das Gefühl, mitten in einer Kesselpauke zu sitzen. Das nicht enden wollende Crescendo vollführte die virtuellsten Kapriolen.

Da lag ich nun ausgeknockt auf dem Bühnenboden. Im Rund der Zirkusarena versammelten sich alle meine Kollegen. Von Ferne drang eine immer wiederkehrende Nachricht zu mir:

Michaela, mit der ich mittlerweile seit sechzig Jahren verheiratet bin, sei verständigt. Die Darstellerin der „Bianca" hätte mit Michaela gesprochen und ihr versichert, dass es nicht so schlimm sei.

Ja wie, nicht so schlimm. – Ich lag blutüberströmt da. Michaela kannte sich im Theater gut aus, ihre letzte Rolle, die sie hier gerade gespielt hatte, war „Die Katze" in „Die Bremer Stadtmusikanten".

So tauchte sie plötzlich aus den Kulissen auf. Zuerst zeichneten sich noch verschwommen die Umrisse ihres Gesichtes ab, welche langsam klarer wurden. Ich lächelte sie an, jedenfalls glaubte ich das zumindest, aber meine zertrümmerte Nase ließ dies wahrscheinlich nur unzureichend zu.

Im Rettungswagen, der mich ins Krankenhaus brachte, klingelte mein Handy. Michaela half mir, den Anruf entgegenzunehmen. Gernot Geduldig, Redakteur der Aachener Nachrichten, wollte alles genau wissen. Aus erster Hand, quasi aus verquollenem Mund; noch auf dem Weg ins Krankenhaus! Die Schlagzeile war es wert. Und so ging es durch alle Medien. – Johanna, unsere Tochter, lachte sich auf der Autobahn kaputt über die Nachricht aus dem Autoradio, dass der Schauspieler, welcher gerade den Petruchio in „Der Widerspenstigen Zähmung" im Theater Aachen probte, von seinem „Kätchen", das er doch zähmen sollte, durch einen Karateschlag auf die Bretter, die die Welt bedeuteten, niedergestreckt wurde. Dann verging ihr das Lachen und sie schrie:

„Das ist ja mein Papi!"

16. Mai 1988

„Der Widerspenstigen Zähmung": Gabriele Ropertz und Tom Witkowski am Trapez.
Foto: Gillessen

Der Kieferchirurg im Krankenhaus meinte: „Das ist ja alles zertrümmert, wie soll ich denn wissen, wo was hingehört und wie Ihr Mann überhaupt vor dem Unfall ausgesehen hat. Sie müssen mir bitte erst einmal verschiedene Portraitfotos vom Gesicht bringen. Damit ich das Aussehen von Tom Witkowski durch die Operation wieder so richten kann, wie es war." Im Theater gab es genug Fotos von allen Seiten und „Reitende Boten" brachten alles zur OP. Ich erinnere mich noch sehr genau, wie der Arzt alles vor sich aufbaute, aber sich das Lachen nur mühsam verkneifen konnte. Mit diesem Lächeln versank ich in Morpheus' Armen.

Ich erwachte in einem schönen hellen Krankenzimmer. Besucher kamen, öffneten die Tür, schauten herein, sahen mich – entschuldigten sich und verschwanden wieder. Niemand hat mich mehr erkannt. Ich muss fürchterlich ausgesehen haben.

Aber mein Arzt beruhigte mich und meinte, dass alles sehr gut gegangen sei und er es wieder prima hinbekommen habe. – Er hatte Recht.

Der Beweis:

Das Zeitungs-Foto auf dem Trapez ist das erste Foto nach der OP.

Friedel Weise-Ney: „Doch manchmal wachsen uns Flügel"

Friedel Weise-Ney

Manchmal jaulen, manchmal tanzen wir

Oft denke ich an meine Zeit als Ärztin in Hamburg zurück.

Einige meiner männlichen Patienten fuhren zur See. Ihre hellblauen Augen waren wie ein Sommerhimmel voller Möwen. Doch hin und wieder kreisten darin aber auch dunkle Vögel. Dann saß dort die Angst vorm Alter oder vor einer Krankheit, wie damals bei meinem Patienten Hannes.

Seine hellblauen Augen wurden dunkel wie das Meer an einem Gewitterabend als er vor mir saß.

Ich berührte seine Schulter, da brach es aus ihm heraus: „Unsere Tochter ist schwer erkrankt. Nach dem Abitur ist sie einfach nach Griechenland gereist. Hin und wieder rief sie an, um zu berichten, dass es ihr gut geht. Wir schickten ihr alles was sie brauchte, Kleidung, Geld. Meine Frau schickte ihr auch die Antibabypille. Als sie zurückkam, war sie irgendwie verändert. Sie war blass obwohl sie aus der südlichen Sonne kam. Ihr Bauch war unnatürlich dick. Wir glaubten sie sei schwanger. Meine Frau ging mit ihr zum Frauenarzt. Einen Tag später hatte sie schon ein Bett in der Klinik. „Ich habe alles entfernt, was bösartig war", sagte der Chirurg. Sie macht gerade eine Chemotherapie, es geht ihr sehr schlecht. Danach kommt die Reha, und was kommt dann?

Meine Frau kann nur noch mit Hilfe von Tabletten etwas Ruhe finden. Sie macht sich Vorwürfe, weil sie unserer Tochter die Pille geschickt hatte, statt ihr zu raten, zu einem Frauenarzt zu gehen. Hätte man die Krankheit dann früher entdecken können? Manchmal schlucke ich auch ein paar Tabletten, nur um besser schlafen zu können. Unser einziges Kind hat Krebs. Wird sie geheilt werden? Was können wir tun, um ihr zu helfen, und wie können wir von diesen trüben Gedanken loskommen?"

Hannes schnäuzte sich, ich sah Tränen in seinen Augen. „Haben Sie zuhause ein Tier?", fragte ich ihn. Er schüttelte den Kopf. „Früher hatten wir mal eine Katze."

In meiner rechten unteren Schreibtischschublade lagen meine Schätzchen. Es waren keine Medikamente, sondern jede Menge Informationsmaterial von Selbsthilfegruppen, Yogakursen, Patenschaften, Hilfsorganisationen und Beratungsstellen. Ich griff in die rechte unterste Ecke und zog den Prospekt des Tierheims heraus. Niedliche Kätzchen und treu blickende Hunde schauten mich an. „Hier ist meine Therapie", sagte ich. „Wir sehen uns wieder, wann immer Sie mich brauchen." Nachdenklich blickte er auf den Prospekt und schüttelte mir die Hand. Ich glaube, seine Augen waren nicht mehr ganz so dunkel.

Erst nach einem halben Jahr sahen wir uns wieder. Vor mir saß Hannes, der Mann mit den hellen strahlenden Augen und lächelte. Er zog aus seiner Aktentasche ein in Geschenkpapier gewickeltes Päckchen und reichte es mir mit den Worten: „Mit Dank von unserer Tochter, lesen Sie es in Ruhe."

Was ich zuhause auspackte, war ein Büchlein voller Bilder und einem langen Text:

„Wie wir die Welt erobern", stand über einem Foto, das eine junge blonde Frau mit einem schwarzen Hund in den Armen zeigte. Ich begann zu lesen und schaute mir immer wieder die schönen Bilder, die Zeichnungen und Fotos an:

Ich bin jetzt auf den Hund gekommen. Oder ist es umgekehrt, ist der Hund auf mich gekommen? Es war Liebe auf den ersten Blick. Unsere erste Begegnung fand im Tierheim statt. Anton bellte mich freundlich an, so als wollte er mir versprechen, ein treuer Freund zu sein.

Ich liebe Anton, auch wenn er manchmal jault, sein Bein an jeder Ecke hebt und ich seine Haufen eintüten muss. Manchmal wünsche ich mir, auch ein Hund zu sein. An der Leine lieber Menschen, die mich halten, führen und streicheln. Dann wäre ich voll mit Glückshormonen. Aber ich will nicht ungerecht sein, ich bin sehr froh, dass sich meine Eltern so sehr um mich kümmern.

Wenn ich mit Anton am Strand der Elbe spazieren gehe und ihm Bälle oder Stöcke zuwerfe, dann schnappt er sie oder läuft sogar ins Wasser, um sie zu holen. Aber er bringt sie nicht immer zurück. Manchmal buddelt er sie in den Sand, dann darf ich sie aber nicht ausgraben, sonst wird er wild. Ich denke, er traut mir noch nicht so ganz. Aber ich kann das verstehen. So ein Vertrauen muss man sich erst einmal verdienen. Also muss ich ständig neue Stöckchen suchen. Manchmal denke ich, er will, dass ich ihm gehorche. Es ist ein Kräftemessen unter Freunden.

Ich kann ihn jetzt schon länger ohne Leine laufen lassen. Auch wenn die Hundedamenwelt es ihm oder besser seiner Nase angetan hat, kommt er nach einigen Stunden zurück. „Na", frage ich ihn dann, „hast du wieder die Aufgabe der Biologie erfüllt und deine Gene weitergegeben? Ich kann meinen Eltern leider keine Enkelkinder schenken. Aber es gibt ja die Möglichkeit, ein Kind anzunehmen, vielleicht auch als Pflegekind, später einmal", sagte ich zu Anton. Er rieb seine Nase an meinem Bein, vielleicht merkte er, dass ich traurig war und wollte mich trösten.

In der ersten Zeit konnte ich ihn nicht allein lassen. Er bellte und jaulte, weil er wohl zu lange im Tierheim einsam war. Meine Eltern haben mir einen Malkurs bei einem Künstler geschenkt, der hat nichts dagegen, wenn ich Anton mitbringe.

Anton zeigt mir, dass auch Hunde etwas von Malerei verstehen. Er wedelt mit dem Schwanz, wenn ich eine große Leinwand bearbeite, dabei spritzt die Farbe durch den Raum, landet manchmal auf seinem Fell, was ihm aber weniger gefällt. Er bellt freudig, wenn ich mit beiden Händen Farbe über die Bildfläche verteile. Vielleicht sehe ich so aus wie ein Hund, der im Sand nach Knochen sucht. Rot gefällt ihm besonders, da knurrt er und sieht aus wie ein Stier, der zum Angriff übergeht. Pinsele ich Schwarz auf die Leinwand, schließt er die Augen und schläft ein. Ich erzähle ihm eine Geschichte, und er schnarcht wie ein Therapeut:

„In Omas bunten Kittelschürzen klapperten Schlüssel, knisterte Bonbonpapier zwischen gestärkten Taschentüchern. Als Kind stand ich zwischen ihren Beinen oder saß auf ihrem Schoß am Küchenfenster. Auf der anderen Straßenseite stand der alte Kastanienbaum, dort sang abends immer eine Amsel. Eichhörnchen sprangen von Ast zu Ast. Oma sagte: ‚Schau mal, wie viele Tiere friedlich nebeneinander in einem Baum leben, er bietet ihnen Schutz und Nahrung, wie eine große Familie oder Gemeinde.‘ Am Ende der Straße wuchs mein Lieblingsbaum, ein riesiger Walnussbaum.“

Auch Bäume können Therapeuten sein. Als Kind habe ich diesen Baum oft umarmt und ihm meine Gedanken verraten, meine Wünsche, Ängste und Albträume. Der Baum gab mir Antworten, die nur ich verstand. Meine Cousine machte es mir nach, legte ihr Ohr an den Baumstamm, hörte aber nichts. Dabei kann man ganz viel hören an so einem alten Baum. Er stöhnt, er säuselt, er vibriert. Er ruft sogar, wenn der Wind durch seine Krone weht.

Im Herbst, wenn die Nüsse auf der Erde lagen, mussten wir Kinder uns beeilen, um einige zu ergattern. Der kleine Hausmeister lief mehrfach am Tag unter dem Baum herum, schimpfte und sammelte, so schnell er konnte, die Nüsse ein. „Mein Baum, meine Nüsse!“, rief er.

Anton ist wach geworden, er hat das Wort „Baum“ gehört. Also will er raus, die Bäume benetzen, sein Revier abstecken.

Mutter und Vater konkurrieren oft um seine Gunst. Sie gehen nämlich gerne abends mit ihm Gassi. Wer es versteht ihn mit reichlich Leckerlie zu füttern, der hat dann auch eine Chance ihn an der Leine zu begleiten.

„Wie ist die Welt für einen Blinden, wäre Anton ein guter Blindenhund?", fragte ich mich an einem sonnigen Morgen. Ich klebte die Gläser meiner Sonnenbrille mit schwarzem Papier ab, malte den alten Wanderstab meines Vaters weiß an und ging mit Anton an der Leine Gassi. Mein Hund kennt seinen Weg, seine Bäume, Sträucher und Häuserecken. Er führte mich. Eine vertraute Stimme war von vorne zu hören. Ich schielte an den Sonnenbrillenrändern vorbei und erkannte die Umrisse von unserem Nachbarn. „Mein Gott, Ingrid", hörte ich ihn rufen, „bist du jetzt auch noch sehbehindert, erst der Bauch und jetzt die Augen?" – „Lieber Herr Arnulf", antwortete ich, „es ist nur eine vorübergehende Sehschwäche, hoffen die Ärzte." Er tätschelte meine Schulter, Anton knurrte. Ich hörte mit dieser selbstgebastelten Blindenbrille besser. Motoren röhrten lauter, Fahrräder quietschten, Vögel trällerten, Türen und Fenster schlugen, Kinderstimmen piepsten wie junge Spatzen. Alles war so deutlich, dass es schmerzte. Unter meinen Füßen knirschte der Kies, der Sand säuselte und das Pflaster knallte. Auch der Geruch war intensiver. Die Hecken stanken wie ein Friseursalon. Als ich einen Laternenpfahl streifte, riss ich mir die Brille runter. Anton ist eben doch kein guter Führer. Ich musste lachen, er bellte freudig, endlich konnten wir wieder loslaufen, tanzen und Luftsprünge in der Wiese machen. Schön leuchteten die Löwenzahnblüten und das Wiesenschaumkraut.

Ich gehe gerne in den Malkurs. Man kann sich seine eigene Welt auf die Leinwand malen. Wenn ich schlecht gelaunt oder traurig bin, male ich den Himmel grau. Nach einer Tasse Tee und ein paar Keksen und wenn die Sonne ins Atelier scheint, male ich rosa Wolken in das Grau und anschließend weiße Streifen, Flugzeuge, die nach Süden ziehen. Gestern habe ich für Mutter einen Sternenhimmel gemalt, vielleicht hilft er ihr beim Einschlafen.

Wenn es mir schlecht geht, wenn ich Schmerzen habe, merkt das mein Hund. Dann leckt er mich am Bein oder am Hals. Er legt oft seinen Kopf in meinen Schoß. Ich spüre auch, wenn es ihm schlecht geht., wenn er hinkt, obwohl er eben noch gerannt ist. Auch er braucht dann Streicheleinheiten, davon kann er nicht genug bekommen.

Anton ist der Liebling der Nachbarskinder, alle wollen ihn streicheln. Wir haben viele neue Freunde gefunden. Ich habe ihn und er hat mich aus der Einsamkeit und einer Gefangenschaft befreit.

Auch Hunde können träumen. So wie Menschen, scheinen sie auch Albträume zu haben. Anton zuckt dann mit den Beinen und gibt merkwürdige Geräusche von sich.

Neulich hatte ich einen Albtraum. Ich lag wieder in der Klinik, über meinem Bett kreisten weiße Tauben. In ihren Schnäbeln trugen sie kleine Zettel. Aber Brieftauben tragen doch die Zettel in einem Röhrchen am Bein, dachte ich. Als ich nach oben rief: „Wer schreibt mir denn?", ließen sie die Zettel fallen. Ich öffnete einen nach dem anderen. Auf allen stand der gleiche Text: „Lass los, lass alles los." Ich erwachte mit klopfendem Herzen. Was bedeutet der Traum? Kann man denn alles loslassen, alle Sorgen vergessen, einfach so wegfliegen? „Bedeutet es denn nicht auch, den Tod zu akzeptieren?", fragte ich Anton. Was bedeutet der Tod für Tiere? Ich habe gelesen, dass auch Tiere trauern können.

Anton jaulte, er hatte wohl auch schlecht geträumt. Mit hängendem Kopf stand er neben mir vorm Spiegel. Ich betrachtete meine geschwollenen Augenlider und die graue Haut. Wenigstens sind meine Haare nach der Chemotherapie gut nachgewachsen. Sie sind jetzt lockiger, aber an manchen Tagen finde ich sie wieder stumpfer. Dann denke ich an die schwere Zeit im Krankenhaus zurück, als ich immer dünner wurde, die Haare verlor, nichts mehr essen konnte. Ich fange dann zu jammern an. Anton jault, und ich jaule mit ihm. Danach geht es uns aber wieder besser, und das Frühstück schmeckt noch einmal so gut.

„Was willst du einmal beruflich machen?" fragten meine Eltern neulich. „Du hast ein gutes Abi, du kannst doch studieren." Ich habe lange überlegt. Aber ich kann mich noch nicht entscheiden. Soll ich Biologie studieren, später in die Forschung gehen, oder soll ich Erzieherin werden oder Pädagogik studieren?

Es gibt so viele Dinge, die mich interessieren. Was stand auf den Zetteln, die mir die Tauben im Traum geschickt haben: „Lass los, lass alles los." Heißt das nicht auch: Es ist alles gut, mach dir nicht so viel Sorgen, alles ist möglich.

Als die ersten Schneeflocken fielen, sind Anton und ich rausgerannt und haben wie die Nachbarskinder im Schnee gespielt. Wir wälzten uns darin und probierten die weißen Kristalle auf der Zunge. Der Schnee schmeckt fantastisch, ein bisschen nach Meer und Sahne. Zuhause haben wir von Mutters Glühwein ein wenig zu viel probiert. Etwas angesäuselt sind wir ins Bett gegangen. Er schleicht sich manchmal unter meine Decke und wärmt mit seinem Fell meine kalten Füße.

Wärme zu empfangen ist wie Sonne an Regentagen.

Harald Forst: Collage aus
„William Shakespeare – 44 Sonette und Bilder"

Harald Forst

Helene und der Bluthund Rudi

Helene wirkte wie eine Karikatur, steif wie eine Marionette, verwachsen mit ihrem Fahrrad und dem Einkaufskorb, weiß wie eine Marmorfigur, aber noch weniger lebendig als Stein. Und doch durchfloss sie eine winzige gut durchblutete Ader des Lebensstroms, der hatte eine Sehnsucht wach gehalten, eine Hoffnung genährt, die in ihren Gebeten immer wieder lebendig wurde.

Sie hatte übrigens nie eine Schwangerschaft erlebt, weil ihre Eierstöcke fast abgestorben, fast versteinert waren. Sie hatte nie etwas zu lachen gehabt. Man lachte nicht in ihrer Familie. Man war fromm und korrekt, nichts war kaputt, nichts war defekt. Außer Helene. „Kinder, die was wollen, kriegen was auf die Bollen."

Eines Tages kam ihr Mann Hermann nach Hause mit einem Bündel unter dem Arm. Es war ein Hundewelpe.

Katastrophe, oh Graus, ein Tier im Haus: Unordnung, Schmutz, Geräusche!

Hermann wollte einen Hund, einen scharfen abgerichteten, der Eindringlinge zerfleischen konnte, der ihm selbst Ansehen verschaffen sollte, einen Rottweiler, einen Bluthund. Den würde er sich abrichten, dann brauchte es kein Gericht mehr im Viertel. Der Herr und sein Hund würden richten!

Aber so kam es mitnichten:

Helene ekelte sich einen Moment lang, hasste Mann und Hund, aber tat wie immer ihre Pflicht. Sie nahm dieses Bündel entgegen, suchte ein paar Decken zusammen für ein Lager, suchte ein paar Sachen zusammen, die dieses mickrige Etwas wohl fressen und vertragen konnte. Sie zog ihre Hand zurück, wenn die Zunge des winzigen Hundewesens sie lecken wollte, und dann ließ sich diese ebenfalls winzige Energie in ihr nicht mehr bremsen. Mit einem Mal spürte sie, wie bedürftig dieser kleine Hund war, wie sehr angewiesen auf ihre Zuwendung, und sie spürte auch irgendwo tief im Innern die eigene Bedürftigkeit. Er leckte ihre Hände immer wieder mit seiner rauen winzigen Zunge, und sie streichelte ihn, bis er genießerisch die Augen schloss und bis Helene lächelte, was sie seit Ewigkeiten nicht mehr getan hatte. Sie lächelte sogar kaum sichtbar, als sie mit ihrem Rad einkaufen fuhr, für ihren Mann die gewünschte Blutwurst, für ihn, den kleinen noch namenlosen Bluthund, nur das Beste. Sie musste sich noch informieren, darüber, was Hunde im Allgemeinen fressen und Welpen im Besonderen. Helenes Gebete waren offenbar erhört worden, sie hatte durchgehalten und würde jetzt nicht nur lächeln, sondern allmählich auch herzlich lachen können. Sie wusste wieder, wie sich Freude anfühlt, wie schön es ist, an jemanden zu denken – und sei es an einen kleinen Hund.

Er war von Anfang an ihr Hund, nicht der ihres Mannes. Hermann versuchte zwar, ihn abzurichten, aber er konnte nicht viel ausrichten, geschweige denn richten. Rudi, so hieß der Hund inzwischen, verweigerte sich allen Versuchen, ihn zu einem bissigen aggressiven blutrünstigen Bluthund zu machen, stattdessen wurde er ein verspielter, friedfertiger, freundlicher und liebebedürftiger Hund, außen Rottweiler statt Bluthund und innen ein Guthund. Und Helene verlor ein wenig von ihrer Blässe, bewegte sich so, wie Rudi es anregte: spontan, gelegentlich verrückt, und manchmal hatte sie eine grellbunte Hundedecke um die Hüften geschwungen, um Rudi im Bedarfsfall darin einwickeln zu können. Helene hatte das Gefühl, dass sie träumte, von einem Ort, an dem sie nie gewesen war, von Rottweil, von zahlreichen Rottweilern, Menschen und Hunden, die aus ihren Türen traten und aus ihren Hundehütten und die durch den Ort flanierten und sich zusammenrotteten. Sie mit Rudi mittendrin, es war ein unglaubliches Gefühl, Gewimmel, Gebell und Rudi zwischen allen, ein friedlicher Rebell, der sich nicht zum Kampfhund drimmen ließ, mit hoch erhobenem Kopf und Schwanz.

Fremde fassten Fremde an der Hand, als wär's zum Tanz.

Auf der Straße fragte eine Nachbarin: „Was macht denn eigentlich Ihr Mann?" „Oh, meinem Rudi Rottmann geht es gut! Er bekommt das beste Fressen, und gleich wird er am Gartenzaun sein Häufchen machen!" Das kam der Nachbarin irgendwie merkwürdig vor, aber sie sagte ohne nachzudenken: „Na, dann grüßen Sie ihn mal schön!"

Helene ging mit Rudi auf die andere Straßenseite, wo Bäume und Büsche standen. Kinder kamen vorbei und blieben stehen. „Ist der aber niedlich!" „Darf man den mal streicheln?" So kam Helene mit Kindern in Kontakt. Und natürlich durften sie Rudi streicheln und nahmen eine Spur auf, spürten die Wärme eines anderen Lebewesens. So warm, dass es auch Helene warm wurde.

Und die Kinder, es waren Paolo und Melinda, stammten natürlich aus der zweiten Klasse von

Frau Kleine-Kappelmann-Urbanczyk. Sie erzählten begeistert von ihrer Begegnung mit Rudi, dem Rottweiler. „So süß ist der", sagte Melinda. „Und der will immerzu lecken, wenn man ihn streichelt", sagte Paolo. Und diese winzige Hundelebensspur, die dank der Pflege und Liebe von Helene überlebte, wurde durch die beiden Kinder in die Klasse getragen, breitete sich ein wenig aus, weckte zärtliche Phantasien bei anderen Kindern, die fast alle auch einen Hund haben wollten. Die gleichen zärtlichen Gefühle – überwiegend gegenüber ihren Schulkindern – wurden bei Frau Kleine-Kappelmann-Urbanczyk verstärkt, die Mühe hatte, sich und die Kinder wieder auf den Weg des Unterrichts zu bringen.

Mathias Scholz: Christine mit Löwenbabys

Mathias Scholz

Das arme Vieh

„Das arme Vieh", meinte eine ältere Frau zu ihrem Mann, als sie einen etwas räudigen, dürren und nicht sehr gut riechenden Hund sah, der sich vor einem typischen neapolitanischem Grundstückstor in Forio in der späten Abendsonne von den Qualen des Tages erholte.

Wir machten wie dieses Rentnerehepaar Urlaub auf der schönen italienischen Mittelmeerinsel Ischia. Wir kannten den Hund bereits. Der Mann erwiderte mitleidslos: „Müsste man erschießen. Was hat der denn noch vom Leben? Hier kümmert sich doch niemand um die Viecher!" „So ein Quatsch", sagte ich leider so laut, dass es die beiden hörten. Kopfschüttelnd gingen die beiden weiter.

„Rege dich nicht auf, wenn die beiden nur halb so viel erlebt hätten wie „das arme Vieh", wäre das ihr zweiter Frühling gewesen", beruhigte mich Christine. Ich musste lachen und ging in Gedanken zehn Stunden zurück.

Wir waren in unserem Hotel um sieben Uhr aufgestanden. Eine halbe Stunde Entspannung im

Thermalwasser hatte uns nach einem ausgiebigen Früchte-Frühstück Lust auf eine Unternehmung gemacht. Die Sonne schien, dazu wehte ein laues Lüftchen und ermunterte uns, endlich eine Inselrundfahrt in Angriff zu nehmen. Wer auf Ischia noch nie mit öffentlichem Verkehrsmittel eine Inselrundfahrt gemacht hat, der sollte das auch nicht tun. Das war auch der Grund, weshalb wir zwei Jahre später, bei unserem nächsten Urlaub auf dieser Insel, mit dem eigenen Auto da waren.

Für unsere Tour studierten wir die Fahrtzeiten des Postbusses. Der Mann an der Rezeption lachte über unseren Versuch, einen Plan zu machen. „Stellen Sie sich einfach an die Haltestelle. Sind dort keine anderen Leute, ist der Bus gerade weg. Sie fahren alle 20 Minuten. Sollte das nicht der Fall sein, dann können Sie sich ein Ape-Taxi (Italienisches Tuk-Tuk) rufen", sagte er lächelnd in gutem Deutsch mit typisch italienischem Akzent. Wir hatten Glück, der Bus kam wider Erwarten pünktlich, war aber zum Bersten voll. Es war zwar keine Hochsaison, doch die urlaubenden Rentner füllten die verbilligten Hotelanlagen. Alle Fenster in dem nur fünf Meter langen Kleinbus standen offen, das machte das Durcheinander an Duftkomponenten etwas erträglicher. Die Straßen waren eng, der Fahrer fuhr wie eine Wildsau, die Insassen hatten eine unnatürliche Gesichtsfarbe, und beim Bremsen sah man, dass im hinteren Teil doch noch Platz für mindestens fünf weitere Personen war. Diese Lücke verschwand erstaunlicherweise bei ansteigenden Strecken, dafür tat sie sich dann vorn im Bus auf.

Die vielen kleinen Dreiräder und der Drängeltrieb der Neapolitaner machten den Straßenverkehr zum besonderen Erlebnis. Aus einem Grundstück kam ein Ape-Dreirad geschossen. Unbeeindruckt leitete der Busfahrer eine Vollbremsung ein. Ich landete am Busen der vor mir stehenden Dame. Leider war die Dame 50 Jahre zu alt für meinen ungewollten Annäherungsversuch. Gemächlich fädelte das kleine Gefährt in den recht starken Straßenverkehr ein. Im Schritttempo ging es weiter. Auf der kleinen Ladefläche des Dreirads stand ein Hund. Semmelblond, mit einem Schlappohr, das von diversen Hundekämpfen eine andere Form angenommen hatte. Eine Narbe über der Schnauze machte das freche Hundegesicht komplett. Der Vierbeiner stand nicht in Fahrtrichtung, sondern bellte alle Ape-Fahrzeuge an, die auch Hunde mitführten. Sobald sich diese mit Tieren beladenen Fahrzeuge gegenseitig überholten, brach ein Luftkampf mit der Schnauze aus. Der eine Quadratmeter, richtiger wäre: dieser eine Kubikmeter, wurde verteidigt, als wäre es ein Heiligtum. Nach nur zwei Kilometern, dafür gute zwanzig Minuten später, erreichten wir Panza, den nächsten Ort. Christine musste aussteigen, sonst wäre ihr das Frühstück wieder hochgekommen. Was hilft in diesen Fall? Natürlich, ein Espresso.

Wir suchten uns eine kleine Bar am Strand, bestellten in perfektem Italienisch „Due Espressi macchjati", die einzigen Worte, die wir außer „Tschau" und „Grazzias" kannten, und freuten uns, dass uns der deutschsprechende Kellner prompt antwortete: „Bitte schön, die Herrschaften."

Beim Trinken beobachteten wir eine läufige Hündin, die von einem drahtig gebauten semmelblonden Rüden ausgiebig gedeckt wurde. Mehrere Rüden, die den Kampf verloren hatten, schauten sabbernd zu. „Schau mal", sagte Christine, „das ist doch der von der Ladefläche des Dreirads vorhin." Tatsächlich erkannte ich das markante Ohr. Er hatte sein Blechauto gegen Sex getauscht. Hier dürfen Hunde eben noch machen, was sie wollen, dachte ich so bei mir.

Die Insel ist nicht sehr groß. Die Straße, die einmal um die Insel führt, ist vielleicht 36 Kilometer lang. Weit waren wir noch nicht gekommen. Wir beschlossen, ein Kleintaxi zu nehmen, um über Fontana schneller nach Ischia-Stadt zu kommen. Mit einem kleinen Ape-Taxi und einem noch kleineren Fahrer ging die Reise weiter in Richtung Castello

Aragonese zu einer Fischgaststätte, die uns der Pilot des italienischen Bienchens (Ape) empfohlen hatte. Von den meisten Urlaubern noch nicht entdeckt, speisten wir vorzüglich.

Das Eigenartige am italienischen Essen ist: Es hat bei mir immer drei Sterne. Den ersten Stern vergebe ich, auch in Deutschland, wenn die Worte „Original italienisches Restaurant" zu lesen sind, den zweiten, wenn der Kellner ein echter Italiener ist, und erst der dritte Stern ist für das Essen selbst. Ob es wirklich gut ist, sei dahingestellt – ich werde durch meine positive Voreingenommenheit beeinflusst.

Der Strand und das Meer glänzten silbern in der Nachmittagssonne, die wenigen, die die Wärme der Sonnenstrahlen noch nutzen wollten, lagen oder saßen bewegungslos am Strand. Ein Kellner kam mit einem großen Tablett voller Speisereste. Paella, Muschelschalen, ein paar abgenagte Lobster-Stücke, alles gemischt mit Reis und Gemüse, kurz, ein beachtlicher Querschnitt der Speisekarte befand sich darauf. Wo wollte er damit hin? Die Antwort lag schnell auf der Hand: Die bis dahin ebenfalls wie Urlauber am Strand ruhenden Hunde, die man kaum wahrnahm, standen plötzlich artig in einer Reihe und wedelten mit dem Schwanz, als wollten sie sagen: „Da bist du ja endlich!" Viele dieser Gaststätten hatten in ihren Speisekarten vermerkt, dass man Tiere in der Gaststätte nicht füttern oder dafür Speisen mitnehmen dürfe. Wozu auch? Alles war perfekt organisiert …

Wir beobachteten die Hunde beim Fressen. Natürlich wurde geschlungen, und jeder versuchte, so viel abzubekommen wie möglich. Aber es gab auch eine Rangordnung, als hätte jeder Hund ein Stück Strand samt Gaststätte für sich gepachtet. Wir trauten unseren Augen nicht: Auch der semmel-blonde Hund, den wir vor zwei Stunden noch beim Liebesspiel beobachtet hatten, holte sich seinen Anteil ab. Es sollte nicht das letzte Mal sein, dass wir den Kerl an diesem Tag trafen. Einige Zeit später zankte er sich mit einem anderen Hund um einen Fischkadaver. Wir rechneten aus, wie viele Kilome-ter er an diesem Tag zurückgelegt haben musste. Es müssen 10 bis 15 Kilometer gewesen sein.

Nach dem Abendbrot wollten wir noch einmal zur Gitarrenbar, um den Abend ausklingen zu las-sen. Wir mussten an der Stelle vorbei, wo der Drei-radfahrer den Bus zur Notbremsung gebracht hatte. Auf dem Grundstück, dessen Hoftor offenstand, lag ein schlafender semmelblonder Hund mit zerfetz-tem Ohr. Das Fell vom letzten Fischkadaver ver-klebt, der auch noch gut zu riechen war, erholte sich unser „Stromer" von seinem anstrengenden Tag.

Da kam ein deutsches Ehepaar vorbei. „Das arme Vieh", sagte die ältere Frau zu ihrem Mann …

„Sturm im Wasserglas", Rolle Dr. Toss

Tom Witkowski

Wie ein Bein mir Beine machte, mit dem Rauchen aufzuhören

„Jetzt geh doch endlich dahin!" Michaela war schon recht unwirsch. „Ich kann das gar nicht mehr mit ansehen, das kann dir doch gar nicht gut gehen, so wie du aussiehst, hast du was an der Leber, ich rieche das an deiner Haut. Im Theater spielst du eine große Rolle nach der anderen und obendrein noch alle anderen Sachen. Immer musst du irgendwas organisieren, reparieren und die Kinder wollen auch noch was von dir. Erst ist es dies, dann das. Obendrein fährst du auch noch genau wie in Düsseldorf Taxi, weil das Geld für uns und die drei Kinder nicht reicht. Das muss ein Ende haben, du gehst jetzt zum Arzt. Die Kinder brauchen dich gesund, und ich sowieso.

— Basta!" —

Unter der Zunge war ich schon ziemlich bleich, als der Arzt mir nach der Blutabnahme sagte: „Gehen Sie mal in das Nebenzimmer, dort nimmt Ihnen die Sprechstundenhilfe noch etwas Blut am

Ohrläppchen ab." Im Nebenzimmer war mir plötzlich ganz flau und ich wollte mich setzen, aber es gab nur einen einzigen Stuhl und da saß schon ein Beinamputierter drauf. Ich konnte ihm doch nicht sagen, stehen Sie doch bitte mal auf, mir ist schlecht. Mühsam wankte ich also zum Fenster, um mich etwas am Vorhang festzuhalten. Aus dem Augenwinkel überblickte ich das Zimmer. Es war bis auf einen uralten Schreibtisch, der noch so eine Art Tonnengewölbe zwischen zwei breiteren Schränkchen mit Türen hatte, auf denen die wuchtige geschnitzte Schreibtischplatte verankert war, völlig leer. Auf jenem besagten Stuhl saß der Beinamputierte – das war das letzte, woran ich mich noch erinnere.

Ein paar sanfte Ohrfeigen holten mich aus irgendeinem Tiefschlaf. „Augen aufmachen! Jetzt machen Sie bitte die Augen auf!"

Langsam regten sich meine Lebensgeister.

Eine hübsche Sprechstundenhilfe lag auf mir. Ihr Gesicht schwebte nur wenige Zentimeter über meinem. Ich spürte ihren Atem. Sie war sehr erregt. „Heyjeijeijeijei!" Habe ich da was verpasst? – Verschwommen realisierte ich, was los war. Als ich in Ohnmacht fiel, bin ich irgendwie der Länge lang im Tunnel unter dem Schreibtisch gelandet. In meinem Schädel hämmerten Armeen von klitzekleinen Bergarbeitern, sie gruben nach Gold oder Edelsteinen, die sie dann auf Schubkarren ans Licht beförderten. – Nein, nein, es war die Sprechstundenhilfe, die mich an den Beinen gepackt und unter dem Schreibtisch hervorgezogen hat. Das hat so gerumpelt. Gemeinsam mit dem Arzt hat sie mich dann auf jenen einzigen Stuhl gehievt, und der Beinamputierte machte freiwillig Platz. „Sind Sie mit dem Auto hergekommen?" „Nein, mit der Straßenbahn" murmelte ich. – „Sie dürfen jetzt nicht Auto fahren!"

Zuhause war mir so schwummerig, dass ich nur noch im Bett versank. – Geht denn das schon wieder los, wieder wurde an mir gerüttelt und geschüttelt und über meinem Gesicht schwebte aber diesmal Michaela. – Ich brauchte lange, um mich zu sortieren. Michaela quetschte die Begebenheiten aus mir heraus, und ehe ich mich versah, fand ich mich in einem anderen Bett wieder. – Das Zimmer war sonnendurchflutet und hell. Neben meinem Bett stand noch ein zweites, mit einem mir unbekannten Mann. Am Fußende des Bettes standen zwei Männer und eine jüngere Frau mit weißen Kitteln. Daneben stand die aufgelöste Michaela! – Einer der Männer leuchtete mir jetzt mit einer kleinen Lampe in die Augen. Immer wieder, mal rechts, mal links. „Schwere Gehirnerschütterung", konstatierte er. „Absolute Bettruhe und ganz flach liegen". Schon zog mir die junge Frau das Kopfkissen unter meinem immer noch brummenden Schädel weg, und die Zwerge in ihm haben erneut mit ihrer stumpfsinnigen Arbeit begonnen. Ich versank in sehr komischen Traumsentenzen.

Wie viele Tage ich auf diese Weise dahindämmerte, konnte ich später nur aus der Akte des Krankenhauses entnehmen.

Mein Zimmernachbar erzählte mir von seiner „Schaufensterkrankheit". Das wollte ich genauer wissen. Nun ja, wenn er in der Stadt spazieren ging, bekam er so starke Schmerzen im Bein, dass er sich nicht mehr weiterbewegen konnte. Um das vor den anderen Menschen in der Stadt zu verbergen, tat er so, als ob er sich für die Auslagen in den Schaufenstern interessieren würde. Peinlich wurde es ihm allerdings, als er einmal vor dem Schaufenster eines Miedergeschäftes, in dem nur Büstenhalter, knappe Höschen, Korsagen und Strapse ausgestellt waren, stehenbleiben musste. „Die Leute haben mich angestarrt, als ob ich ein Spanner wäre. Erst dann habe ich mich entschlossen, ins Krankenhaus zu gehen." Er meinte, das käme vom Rauchen und er hätte ein „Raucherbein". Er sei ein starker Raucher und würde die Zigaretten hier schon sehr vermissen.

Auch ich rauchte wie ein Schlot, gut und gerne 60 bis 80 Zigaretten am Tag. Oft zündete ich mir eine Zigarette an der anderen an, natürlich nur um Streichhölzer zu sparen, hieß es dann allgemein nur. Rauchen war einfach in. – Überall wurde geraucht, in jeder Kneipe, Restaurant oder Café. Auf der Straße überall. Es gab praktisch keine Nichtraucher. Nichtraucher wurden schief angesehen, wie Wesen vom anderen Stern.

Nach 14 Tagen im Krankenhaus sah ich schon etwas klarer, aber das Unheil brach über meinen Zimmernachbarn mit der „Schaufensterkrankheit" herein.

Als sich die Tür zu unserem Zimmer öffnete, war erst von draußen ein heftiges Getuschel zu hören. Dann zeigte sich ein Aktenwägelchen mit allerlei sonstigem Gedöns, von einer medizinisch-technischen Assistentin geschoben. Dann erschienen drei „Götter in Weiß". Ihnen folgten engelsgleich drei weitere Schwestern. — O-ohhhhhh! Alle bauten sich mehr oder weniger vor dem Bett meines Zimmernachbarn auf: „Wie geht es uns denn heute, lassen Sie uns mal sehen." Der Nachbar streckte sein Bein mit einer schon ziemlich schwärzlichen Zehe verstohlen aus dem Bett. „Ja, was haben wir denn da, das sieht ja überhaupt nicht gut aus. Herr Kollege, Sie sind sicherlich mit mir einer Meinung, wir müssen amputieren." – Der ziemlich eingeschüchterte Nachbar meinte: „Ja, die große Zehe können Sie gern abschneiden, dann bin ich den Schmerz los." – „So einfach geht das nicht, da müssen wir schon einiges mehr wegnehmen." – „Den Fuß?" – „Nein, nein! Mehr." – „Wie, mehr? Den Unterschenkel bis zum Knie?" – „Noch mehr!" – „Das ganze Bein, bis oben hin?" – „Ja!" – Jetzt tat mir mein Gegenüber schon sehr leid, wurde er doch schreckensbleich, als er nur noch mit einem „Uuiiiiiiiifffffff" alle Lebensgeister aus sich heraus pfiff.

Der höchste „Gott in Weiß" dieses Krankenhaus-Imperiums unterschrieb zwei Zettel: „So mein Lieber, jetzt haben wir zwei Möglichkeiten; das hier sind die unterschriebenen Entlassungspapiere, denn wir sind austherapiert, oder Sie unterschreiben die Einwilligung zur Amputation. – Dann, lieber Kollege, wird er zu Ihnen in die Chirurgie überstellt. Wenn er nicht unterschreibt, wird er morgen entlassen."

Das Häuflein Elend neben mir im Zimmer brachte nur noch ein leises, kaum hörbares Wimmern hervor.

„Schwester, der Patient bekommt jetzt sofort eine Beruhigungsspritze." Daraufhin rauschte die ganze Delegation davon.

Während mein armer Zimmergenosse durch die Spritze wie ein Murmeltier schlief, rauschte mein ganzes Raucher-Leben an mir vorüber. —

1967, wenn ich es bedenke, hatte auch ich schon gravierende Ausfälle. Zwar nicht an den Füßen, sondern an den Händen. Wenn ich zum Beispiel schwimmen ging und ich etwas zu lange im kalten Wasser blieb, starben mir meine Finger an beiden Händen ab, sie wurden bis zum Ansatz an den Handflächen kalkweiß. Außerdem wurde mein Zungen-Ansatz taub, und ich hatte Schwierigkeiten, richtig zu sprechen. Wenn es nach dem Schwimmen ganz schlimm kam, fing ich am ganzen Körper zu zittern an und Michaela musste mich erst einmal mit dem Handtuch warmrubbeln. Waren das auch bei mir Anzeichen einer „Schaufensterkrankheit???"

Wir haben ja in Düsseldorf-Heerdt direkt am Rheinknie gewohnt und waren oft mit den drei Kindern am Wasser. Jede Menge Mutige schwammen durch den Rhein an das andere Ufer. Die damaligen Lastkähne waren 1964 viel kleiner als heute 2021. Sie waren vor allem nicht so hoch, und für gute Schwimmer war es ein Leichtes, aus dem Wasser heraus auf die Lastkähne zu klettern. Das war natürlich verboten und die Matrosen jagten die „Blinden Passagiere" immer von Bord. – Der Rhein hatte an dieser Stelle eine enorme Geschwindigkeit, und wir Schwimmer kamen dann erst ein bis zwei Kilometer weiter stromabwärts, am anderen Ufer, wieder an Land. Wenn wir nicht zu Fuß die dann doppelte

Kilometerzahl am anderen Ufer zurücklaufen wollten, mussten wir uns von einem Schlepper stromaufwärts ziehen lassen. Wenn ich dann wieder bei Michaela ankam, war ich total mit Öl verschmiert und hatte quer an der Oberlippe einen fast schwarzen Ölstreifen, der aussah, als hätte ich einen Oberlippenbart. Michaela meinte dann: „Das machst du nicht mehr, wenn du Wasser schluckst, hast du diese ganze Ölbrühe im Magen. Das kommt gar nicht in Frage!" – Heute ist der Rhein einer der saubersten Flüsse, damals wurde das ganze Altöl der Schiffe nicht nur tropfenweise im Rhein entsorgt.

Als mein Zimmernachbar im Krankenhaus aus seinem Tiefschlaf erwachte, begann ein unendliches Jammern und Zähneknirschen. Eine Situation, in welche ich auf keinen Fall geraten wollte. Obendrein kamen alle Verwandte und Bekannte, um sich mehr oder weniger von seinem Bein zu verabschieden. Wieder erschien die ganze Ärzte- und Schwesternschar, um ihn ultimativ zum Unterschreiben der notwendigen OP-Unterlagen zu bewegen. – Unter großem Gejaule unterschrieb er endlich.

Die Schwestern fackelten jetzt nicht lange. Schon begannen die Vorbereitungen zur Operation. Das Bett wurde mit allen seinen persönlichen Sachen beladen und verschwand mit ihm aus dem Zimmer.

Ich blieb allein zurück. – Tja was nun? – Ich muss mein Leben ändern und einfach aufhören zu rauchen. – Etwas anderes blieb mir gar nicht übrig. – Ich muss das schaffen. Während der Zeit im Krankenhaus habe ich doch auch nicht geraucht. Das war ja schon ein Anfang. Auch mein Arzt im Krankenhaus unterstützte mich in dem Entschluss, Nichtraucher zu werden. Meine Leberwerte waren anfangs nicht so überragend, aber sie hätten sich schon so weit gebessert, dass es fahrlässig wäre, das aufs Spiel zu setzen.

Also gab ich mir tief in meinem Innersten das Versprechen:

— Ich — rauche — nicht — mehr. —

Bei den Proben waren die Pausen schon eine Herausforderung. Bei jeder Kritik oder Besprechung der Probensituationen war ich von rauchenden Kollegen umgeben. Ich war der Einzige, der mit dem Rauchen aufhören wollte. Die kritischen Auseinandersetzungen der eigenen Rolle mit dem Regisseur und den Partnern dauerten oft Stunden und erforderten ein großes Maß an Selbstdisziplin. Aber ich hatte mir in meinem Innersten ein tiefsitzendes Versprechen abgerungen, und das wollte ich auf keinen Fall brechen.

Der Beruf des Schauspielers erfordert sehr viel Energie und es dauert immer eine gewisse Zeit, bis der gesamte Organismus wieder in den Normalzustand zurückgefahren ist. Eine große Rolle mit äußerster Konzentration über zweieinhalb Stunden vor etwa 1000 Zuschauern über die Rampe zu transportieren, erfordert Durchstehvermögen. Da kannst du nicht einfach sagen, ich höre auf, ich habe keine Lust mehr! Nein, das geht nicht, erst wenn der Vorhang fällt, ist die Vorstellung zu Ende. — Ja und dann bist du ausgehungert, leer und platt und musst deine Energiereserven auffüllen.

Vor einer Vorstellung kannst du nicht viel essen. Du kommst mit vollem Bauch nicht durch den Abend. Dein Blut rutscht dir in den Verdauungstrakt.

— Du brauchst die Energie aber im Kopf. —

Tom Witkowski
(als Schauspieler 1967–1969 am Theater Krefeld)

PS
Nach den Vorstellungen gingen wir Schauspieler meistens noch in eine Kneipe, um bei einem Bier und etwas Essen die Vorstellung Revue passieren zu lassen. Auch hier war ich dann der einzige „Rau-

cher auf Urlaub". Nach einem zischenden Bier stieg der Drang nach einer Zigarette ins Unermessliche. Es war schwer, hier standhaft zu bleiben, und die Rauchmechanismen sind bei mir bis heute geblieben. Auch trank ich von da an keinen Alkohol mehr, weil dadurch sofort der Wunsch nach einer Kippe nur noch weiter anstieg. Ich betrachtete alle Raucher um mich herum als armselige Süchtige ohne innere Stärke. Das half mir etwas. – Auch richtete mir Michaela ein schönes Glas als Spardose ein. Täglich warf ich den Gegenwert an Zigaretten hinein, die ich geraucht haben würde. Im durchsichtigen Glase konnte ich sehen, wie sich der Inhalt vermehrte. Auch das war eine sehr gute Motivationshilfe. Ich konnte mir dafür meine erste elektrische Bohrmaschine kaufen. Zur Feier des Jahrestages meines Nichtraucher- und Antialkoholiker-Daseins habe ich mir ein Bier bestellt und dazu auch eine Zigarette angezündet.

Für mich war das ein Schock.

Mein ganzer Körper bebte und verlangte gierig nach neuen Zügen. Ich merkte, wie sehr mein Körper das Nikotin brauchte und auch vermisst hatte. Sofort löschte ich den Glimmstängel und trank beschämt mein Bier zu Ende.

— Bis heute habe ich nie wieder geraucht.

Klára Hůrková: „Felsenzeichnung auf La Palma I“,
Öl auf Leinwand

Klára Hůrková

Gregor Mendels Erbsuppe

Der verspätete Versuch, meinem leiblichen Vater zu begegnen, war gescheitert. Obwohl ich ein Jahr lang E-Mails mit ihm ausgetauscht hatte, lehnte er letztlich ein persönliches Treffen mit mir ab. Ich wohnte in Prag, er in Brünn, so dass wir uns all die Jahre aus dem Weg gehen konnten, und so sollte es seiner Meinung nach auch bleiben. Daniel, mein Vater, hatte eine Frau, zwei Töchter und große Angst vor Ärger und Komplikationen. Schließlich war ich es, die den schriftlichen Kontakt abbrach, enttäuscht und verletzt.

Sieben Jahre lang hörte ich nichts mehr von ihm, bis ich von einem seiner Bekannten erfuhr, dass er kurz nach seinem achtzigsten Geburtstag an den Folgen eines Fahrradunfalls verstarb.

Noch jetzt, zwei Jahre später, scheint mir alles ein wenig unwirklich. Ich denke darüber nach, wie es wäre, wenn diese Vatergeschichte nicht so sehr mein Leben geprägt hätte. Vielleicht hätte ich selbst Kinder gehabt, wäre offener für Geschichten anderer Menschen, hätte weniger Schreibblockaden, hätte schon großartige Romane geschrieben. Stattdessen dreht sich bei mir alles ständig um das eine Thema. Der einzige längere Prosa-Text, den ich bisher veröffentlicht habe, war ein Bericht über meine Vatersuche. Das schmale Buch erschien in einem Prager Verlag und brachte mich tatsächlich ein Stück weiter.

Ich fahre auf Einladung Irenas, Daniels Witwe, nach Brünn, um meine beiden Halbschwestern Hana und Marta kennenzulernen. Im Bus versuche ich, eine Zeitschrift zu lesen oder zu schlafen, aber es gelingt mir nicht. Ich verspüre einen leichten Druck in der Magengegend, während ich den süßen Kakao aus dem Plastikbecher trinke und die vorbeiziehende Landschaft betrachte. Irena, die ich bisher nur einmal in Prag getroffen habe, wird auf dem Busbahnhof auf mich warten. Wie werde ich sie in ihrer gewohnten Umgebung wahrnehmen? Und wie werden ihre Töchter auf mich reagieren? Für sie wird es ein Heimspiel sein, ich werde die Rolle des Eindringlings übernehmen müssen.

Als ich in Brünn aus dem Bus aussteige, strahlt die Sonne zwischen den schnell fliegenden Wolken und trotz des Windes ist es ungewöhnlich mild für Februar. Irena begrüßt mich herzlich. Sie trägt eine dünne rote Steppjacke, die feinen grauen Haare hat sie zu einem Knoten hochgesteckt und der Pony-schnitt über ihrer Stirn verkürzt optisch ihr längliches Gesicht. Vor unserem ersten Treffen in Prag hatte ich mir Irena größer und mächtiger vorgestellt, doch die Frau, die dann vor mir stand, wirkte eher zierlich: eine Dame Ende siebzig, schlank, leicht gebeugt, Brillenträgerin. Lebhaft und gesund, sogar in ihrer Weise schön, mit Ausnahme der Körperhaltung, die davon zeugte, dass sie sich vor etwas oder vor jemandem – vielleicht ihrem Ehemann – ein Leben lang geduckt hat.

„Zuerst schauen wir uns die Stadt an. Du hast ja geschrieben, dass du bisher nur einmal in Brünn warst, „, sagt Irena. „Danach fahren wir zu mir und treffen dort Marta und Pavel, sie werden bei mir übernachten."

Ich nicke; so ähnlich habe ich mir den Tag vorgestellt, und doch bin ich innerlich unruhig. So versuche ich, mich auf die Prachtbauten an der Hauptstraße zu konzentrieren. Irena erzählt etwas über das funktionalistische Gebäude des Postamts neben dem Bahnhof, das von einem wichtigen Architekten gebaut wurde. Wir gehen durch die Masaryk-Straße mit ihren Jugendstil-Gebäuden und Stadtpalästen, an denen die Straßenbahn vorbei fährt. Irena gibt sich Mühe, sie möchte eine gute Stadtführerin sein. Sie hat wohl das Programm für meinen Besuch sorgfältig geplant und will, dass ich von allem einen guten Eindruck bekomme.

„Jetzt gehen wir zu Mittag essen", sagt sie und zeigt auf ein Restaurant, das in der obersten Etage eines der Stadtpaläste liegt.

„Gut. Aber ich möchte dich einladen", sage ich. „Du hast ja dieses Treffen organisiert, da würde ich mich gerne revanchieren."

Eine seltsame Vertrautheit ist zwischen uns entstanden, nachdem wir uns beim ersten Treffen unsere Traumata anvertraut haben. Irena erfuhr von mir, dass ich mit Daniel ein knappes Jahr lang E-Mails austauschte, wovon sie keine Ahnung hatte. Das hat sie gekränkt. Aber sie war gerecht genug, um nicht auf mich böse zu sein.

„Er hat dich sehr geliebt", sagte ich. „Er wollte dich nicht verletzen, indem er sich mit der ‚fremden Tochter' trifft. So hat er mir das erklärt."

Sie schüttelte den Kopf. „Nein. Es war Bequemlichkeit. Er wollte einfach nur keinen Ärger haben. Ich hätte doch akzeptiert, dass er eine uneheliche Tochter hat, wenn er ehrlich zu mir gewesen wäre. Was ich nicht ertragen kann, sind die Geheimnisse. Er hat mir nie erzählt, was damals zwischen ihm und deiner Mutter war, es gab nur Andeutungen. Wie oft habe ich versucht, ein Gespräch mit ihm darüber zu führen. Er hat immer alles abgeblockt ..."

Auf der Terrasse des Restaurants machen Irena und ich das erste Selfie. Meine Nervosität sinkt und mein Magen beruhigt sich langsam.

Nach dem Essen geht die Stadttour weiter. Wir besichtigen die Villa Tugendhat, die größte Touristenattraktion in Brünn, ein architektonisches Wunderwerk der Moderne. Wir haben Glück: Die tief stehende Nachmittagssonne, die durch die transparente Onyx-Wand im Wohnzimmer der Villa hindurchscheint, färbt an manchen Stellen den Stein rosa und orange und lässt ihn durchsichtig erscheinen. Der überdimensionale Wohnraum ist erfüllt vom Licht, dank der Glaswände ist man an drei Seiten wie von einem Garten umgeben, man sieht Bäume, Rasenflächen und blühende Pflanzen in Kübeln. Als ob man drinnen und draußen gleichzeitig wäre. Eine seltsame Nostalgie beschleicht mich dabei.

Meine Sehnsucht nach dem Vater. Auch jetzt, nachdem er mich abgelehnt hat, selbst nach seinem Tod, vermisse ich den unbekannten Mann.

Das Wetter ändert sich, kurze Regenschauer wechseln mit strahlender Spätnachmittagssonne ab. Ich habe meinen Regenschirm vergessen, aber Irena bietet mir Platz unter ihrem, während wir an der Bushaltestelle warten.

„Heute Abend werden wir zu neunt essen", sagt sie und zählt alle Familienmitglieder auf, die kommen werden, um sich Daniels uneheliche Tochter anzuschauen. Mein Magen meldet sich wieder bei der Vorstellung dieser Menschenmenge. Wir steigen in den Bus und fahren zu Irenas Wohnung, die in einer Siedlung am Stadtrand liegt. Während der Fahrt zeigt mir Irena die Stelle, an der ein Dokumentarfilm über die Forschungsarbeit meines Vaters gedreht wurde. Eine Brücke über dem schmalen Teil eines Stausees, dahinter Laubwälder, ein Raubvogel fliegt gerade hoch am Himmel. In dem Film, den ich mehrmals im Internet gesehen habe, sprach mein Vater über die heimischen Vogel- und Fledermausarten.

Ein wenig später sehe ich auch die Stelle, wo es zu dem Fahrradunfall kam. Die asphaltierte Landstraße, nur ein paar Meter von der Siedlung entfernt, wo er und Irena wohnten, eine Kreuzung vor der Eisenbahnbrücke. Dort hat man ihn mit gebrochenem Arm und Genick gefunden. Er wollte sein neues Fahrrad ausprobieren und ist dabei gestürzt. Kein anderes Fahrzeug war in den Unfall involviert.

Seltsam: Genauso habe ich mir den Ort in meiner Phantasie vorgestellt.

Irena öffnet die Wohnungstür, und meine jüngere Schwester Marta kommt uns entgegen. Ein einziger Blick in ihre Augen sagt mir, dass ich vor ihr keine

Angst zu haben brauche. Ihr Lächeln ist warm und freundlich. Sie hat braune Augen, die sehr dunkel in ihrem hellen runden Gesicht strahlen. Sie ähnelt weder mir noch unserem Vater, aber auch nicht Irena. Ihre langen, dicken blonden Haare fallen ihr über die Schultern, sie ist kleiner als ich und sieht ein bisschen aus wie eine amerikanische Farmerin: breite Schultern, üppige Brust, schmale Hüften. Sie trägt Jeans und ein bedrucktes T-Shirt mit der Band Queen darauf. Marta ist tatsächlich so etwas wie eine Farmerin: Sie lebt auf dem Land mit ihrem Mann und zwei Söhnen, besitzt zwei Stuten und reitet seit Jahren. Ihr Spezialgebiet, auf dem sie schon einige Preise gewonnen hat, ist Country-Reiten. Hauptberuflich ist sie Chemie-Lehrerin an einer Fachschule.

Hinter Marta steht ihr Sohn Pavel, der seiner Mutter sehr ähnlich sieht. Er ist zwanzig Jahre alt, hübsch, noch etwas kindlich, schweigsam. Er trägt ein weißes T-Shirt, das mit einem Bild von überlebensgroßen, realistisch dargestellten Ameisen bedruckt ist.

Irena bringt uns Tee und vier Gläschen Becherovka, dazu stellt sie einen Teller Brokkoli-Frikadellen, eigens für mich gemacht, auf den Tisch. Ich schaue mich um. Wir sitzen in einem schlicht eingerichteten Wohnzimmer der Plattenbauwohnung. Das einzig Ausgefallene sind die Bilder an den Wänden, die den avantgardistischen Kunstgeschmack meines Vaters verraten.

Wir stoßen zum ersten Mal auf unser Treffen an.

„Was ich dir sagen wollte", beginnt Marta, sobald Irena kurz in der Küche verschwindet. „Wir hatten kein leichtes Leben mit unserem Vater. Ich habe deine Geschichte gelesen, du stellst dir unser Familienleben so harmonisch vor, aber es war alles andere als das. Der Vater mochte keine Kinder. Er hat uns dauernd zu verstehen gegeben, dass wir ihn stören. Und als wir klein waren, hat er uns Spitznamen nach den Affen aus dem Dschungelbuch gegeben. Wir haben in seinen Augen nur Lärm und Unordnung gemacht."

„Das tut mir leid", sage ich und denke an meinen Ziehvater, Václav. Marta fährt fort:

„Als Hana geboren wurde, musste die Mutter bald wieder arbeiten gehen und Hana wohnte die ersten zwei Jahre bei den Großeltern in Lomnice, um den Vater nicht zu stören."

Ich bin erstaunt und peinlich berührt. Irena kommt aus der Küche zurück, hört die letzten Sätze und versucht, ihren Mann zu verteidigen.

„Das kann sich heute keiner vorstellen, aber damals war es nicht so ungewöhnlich, dass Kinder bei den Großeltern lebten, weil praktisch alle Frauen arbeiten mussten."

„Ich weiß", sage ich und trinke noch einen Schluck Becherovka.

Aber Marta will weiterreden. „Und als wir die Schule besuchten und Zeugnisse nach Hause brachten, hat uns Vater nie gelobt. Eine Zwei war für ihn schon schlecht und wenn du eine Drei hattest, warst du für ihn unten durch. – ‚Ich hatte immer nur Einser in der Schule'." Marta spricht jetzt mit verstellter Stimme, ahmt den Vater nach. „Und er zeigte uns immer seine alten Zeugnisse, das kleine Genie. Wir waren nie gut genug für ihn. Ja, er war meinetwegen hochbegabt – konnte mehrere Sprachen, schrieb Gedichte, war musikalisch, war ein toller Wissenschaftler ..." Marta zieht eine Grimasse.

„Sein Ego füllte die ganze Wohnung, er war so dominant. Wir hatten überhaupt keine Privatsphäre und dauernd hat er uns das Gefühl gegeben, dass eigentlich ER hier wohnt und wir irgendwie nur geduldet werden. Er hat sich nie um unsere Sachen gekümmert, nie mit uns gespielt."

„Nicht einmal Karten oder Stadt-Land-Fluss?", will ich wissen. Mein Ziehvater hat mit mir und meiner jüngeren Schwester (die seine eigene Tochter war) oft gespielt, ist mit uns durch Wälder gewandert, hat uns die verschiedenen Tiere und Pflanzen gezeigt. Er hat mit uns auch Briefmarken gesammelt, Filme geschaut und Theater besucht.

„Ja, Karten haben wir gespielt, aber es machte keinen Spaß", sagt Marta und Irena pflichtet ihr jetzt bei: „Selbst als die Mädchen klein waren, hat er sie nie gewinnen lassen. Ich habe ihn angefleht, es zu tun - aber nein, er musste immer die Nummer Eins sein."

„Ich wollte nur, dass du es weißt", sagt Marta und macht eine Pause, „dass du nichts verpasst hast."

Verpasst?

Ich denke an den leisen Vorwurf des Verrats von Seiten meiner Familie, als ich den Kontakt zu Daniel aufnahm. War ich undankbar gegenüber Václav, der mir ein besserer Vater war? Hätte ich alles so belassen sollen, wie es nach außen hin dargestellt wurde, nicht an der Sache rühren sollen?

Jetzt sitze ich in Irenas Wohnzimmer, wo Daniel seine Abende verbracht hatte, wo die Bilder hängen, die er ausgesucht hat, wo seine beiden Töchter aufgewachsen sind. Ein Eindringling in die vermeintliche Idylle, die keine Idylle war. Durch Martas Worte beginnt sich etwas in mir zu verändern.

Um sieben Uhr fahren wir mit dem Taxi wieder in die Stadt und gehen in das Restaurant, in dem meine ältere Schwester Hana einen Tisch für uns reserviert hat.

Hana wurde im gleichen Jahr wie ich geboren. Nachdem Daniels kurze Affäre mit meiner Mutter vorbei war, kehrte er zu seiner ehemaligen Freundin Irena zurück und auch sie wurde bald schwanger. Eine Woche vor meiner Geburt haben die beiden geheiratet. Hana kam ein paar Monate später zur Welt.

Das Restaurant nennt sich „Steakhouse" und ist im Western-Stil eingerichtet. Wir setzen uns in eine Box an den großen Tisch, mitten in eine texanische Wüstenlandschaft mit Kakteen und blauem Himmel, die uns eine Wandtapete vormachen will. Ich sitze neben Marta, und bald erscheint auch Hana mit ihrem Ehemann David. Er sieht gut aus, mit braunen Haaren, die ihm hinten bis an den Kragen fallen, wirkt wie ein erfolgreicher Mann.

Hana dagegen macht den Eindruck, als sei sie ein bisschen übersensibel. Sie hat rötliche Haut, die wohl schnell auf Stress reagiert. Sie ähnelt Marta nicht. Sie ist größer, hat die schlanke Figur ihrer Mutter, kleidet sich sportlich und teuer. Ihr Gesicht ist länglich und schmal und sie hat schulterlange blonde Haare. Hana ist diejenige Tochter, die in die Fußstapfen ihrer Eltern getreten und Biologieprofessorin geworden ist.

Hana setzt sich neben mich, wir schütteln uns die Hände und sie bestellt ein großes Bier, Pilsner

Urquell. In diesem Augenblick fällt die Nervosität von mir ab und ich beginne, den Abend zu genießen.

„Auf unser Treffen!"

Bald erscheinen auch die anderen Familienmitglieder: Hanas Kinder Robert und Dominika und Dominikas Ehemann. Alle schauen mich neugierig und fasziniert an.

„Du siehst ihm wirklich sehr ähnlich... Fast, als wäre der Vater wieder auferstanden", sagt Marta.

„Und auch der Großmutter aus Lomnice", sagt Hana. „Der gleichst du noch mehr."

Ich lächle, es ist mir angenehm, dass sie meine Verwandtschaft anerkennen. Endlich werde ich von der Familie, die zu meinem Vater gehört, akzeptiert. Ich kann es noch nicht ganz glauben.

„Wie hast du reagiert, als du erfahren hast, dass du eine Halbschwester hast?", frage ich Hana, die zu meiner Linken sitzt.

„Es war noch vor Vaters Tod", sagt sie. „Die Mutter hat etwas herausgefunden, und dann hat sie uns mitgeteilt, dass wir wahrscheinlich eine Halbschwester haben. Sie wusste auch, wie du heißt, und wir haben dich im Internet gefunden. Von den Fotos war uns sofort klar, dass du seine Tochter bist ... Am Anfang hat mich das nicht sehr beschäftigt. Schlimmer fand ich die anderen Dinge, die er meiner Mutter während der Ehe angetan hat. Unsere Beziehung hat sich kurz vor seinem Tod deshalb verschlechtert. Nachher tat es mir leid ..."

Hanas Mann macht Fotos von uns. Drei fast gleichaltrige Frauen, Schwestern, die kaum unterschiedlicher sein könnten.

„Ich habe überlegt, was wir gemeinsam haben", sagt Hana. „Die eine Sache ist, dass wir alle Lehrerinnen geworden sind."

„Was noch?"

„Wir können alle ganz gut zeichnen und malen", sagt Marta. Es stimmt - und es ist merkwürdig, da weder unser Vater noch unsere Mütter Talent zum Malen hatten.

Während wir auf das Essen warten, zieht Marta plötzlich ein Päckchen mit einer Schleife aus ihrer Tasche. „Du hattest vor kurzem Geburtstag, Karla", sagt sie. „Herzlichen Glückwunsch!"

Hana ist ein wenig gekränkt, dass sie von Martas Vorhaben nichts wusste, aber dann schaut sie genauso neugierig wie ich auf den Inhalt. Es ist ein kleines Bild, das Marta selbst gemalt hat. „Du musst selber erkennen, was es ist", sagt sie.

Auf dem Bild sind vier stilisierte nackte Figuren zu sehen und ein kleiner blauer Teich mit einem Krebs darin. Ich erkenne es sofort: Es sind unsere Sternzeichen. Links der Wassermann, der in diesem

Falle eine Wasserfrau ist, nämlich ich. Im Hintergrund mittig die Zwillinge, als Mann und Frau dargestellt, Martas Sternbild. Und rechts die Jungfrau für Hana. Der Krebs ist das Sternzeichen unseres Vaters.

„Das ist toll", sage ich, überrascht und gerührt. Woher weiß Marta, dass ich mich für Sternzeichen interessiere? Glaubt sie selbst daran? Jedenfalls will das Bild unsere Verbundenheit zum Ausdruck bringen – so verstehe ich es.

Endlich kommt das Essen, das sehr gut schmeckt - Hana weiß offenbar, wo es sich zu speisen lohnt. Wir bleiben mehrere Stunden, trinken viel Bier und reden über all das, worüber wir die vergangenen Jahre nicht sprechen konnten.

Einmal kommt die Rede auch auf den Fahrradunfall. Hanas Ehemann David war in der Nähe, als es passierte. Er erzählt, wie unser Vater das neue Fahrrad ausprobieren wollte, das er zum achtzigsten Geburtstag geschenkt bekam. Er setzte seinen Helm auf, drehte ein paar Runden auf dem Vorhof des Fahrradgeschäfts und fuhr dann direkt los die Landstraße entlang. Er winkte David im Vorbeifahren. Kurz darauf hörte David Polizeiautos und Krankenwagen. Sie fuhren sofort zu der Kreuzung vor der Eisenbahnbrücke.

Dort fanden sie den Vater auf dem Boden liegend. Niemand wusste, wie er vom Fahrrad gestürzt war. Er muss eine falsche Bewegung gemacht und das Gleichgewicht verloren haben.

„Das dachten wir zuerst", sagt David. „Aber später teilte uns der Arzt mit, dass seine beiden Handgelenke gebrochen waren. Er musste sich also an den Lenker geklammert haben, als er fiel. Das würde eher auf einen plötzlichen Schwächeanfall hindeuten."

Der Vater wurde mit gebrochenem Genick ins Krankenhaus gebracht, wo er eine Woche im Koma lag, bevor er starb.

„So sinnlos", sagt David. „Und traurig."

Irena hat mir ihr Schlafzimmer überlassen. Ich liege in ihrem Ehebett, auf der Seite meines Vaters. Mein Kopf tut ein bisschen weh von dem vielen Bier, und ich habe aus unbestimmten Gründen ein schlechtes Gewissen. Fühle ich mich wie ein Eindringling? Aber dann erinnere ich mich daran, dass es doch Irena war, die mich eingeladen und das Treffen organisiert hat.

Ich schlafe lange, der Schlaf spült meine Bedenken weg und ich wache erfrischt und wie gereinigt auf.

Nach dem Frühstück fahren wir wieder in die Stadt, ich, Irena, Marta und Pavel, und treffen uns mit Hana und David vor dem Augustinerkloster. Es ist der Ort, wo der Mönch Gregor Mendel seine Versuche mit den Erbsen und Obstbäumen machte und dabei den Grundstein der Genetik legte. Wir besichtigen das Kloster und das angrenzende Mendel-Museum.

Und ich stelle mir unseren Vater vor, wie er von irgendwoher auf uns herunterschaut, und muss lachen: Wie fühlt er sich wohl, wenn er seine drei unterschiedlichen Töchter vor dem Modell der DNA-Doppelhelix sieht? Was sagt er dazu, dass wir zueinander gefunden haben? Ist er erstaunt, verärgert, erfreut? Doch darauf kommt es nicht an, denn er hat jetzt nicht mehr darüber zu entscheiden.

Marta, die sich mit Genetik auskennt, hat heute Morgen versucht, mir ein paar Gesetze zu erklären, aber ich werde sie wohl nie verstehen ...

Hana kauft im Museumsshop für sich und für mich zwei gleiche T-Shirts: erbsengrün, mit dem Bild einer Suppendose im Stil von Andy Warhol und der Aufschrift:

„MENDEL'S HEREDITARY PEA SOUP"

Wir alle finden es sehr lustig.

So bringe ich zwei Geschenke mit nach Hause: Martas Sternzeichenbild und Hanas T-Shirt. Sie weisen auf die Vergangenheit, doch sind hoffentlich auch Boten einer Zukunft.

„Felsenzeichnung auf La Palma II",
Öl auf Leinwand

Anmerkung
Gregor Mendel (1822–1884) war ein Priester des Augustinerordens und Begründer der Genetik. Er lebte und starb in Brünn, heute Tschechische Republik.

Michaela Halder (r.) – Familienfoto (ca. 1947)

Michaela Halder

Das Sprechgitter

Eines Tages, ich konnte es damals gar nicht fassen, waren von heute auf morgen alle Geschäfte voll mit Lebensmitteln. Ich sah zum ersten Mal Bananen. Es gab Kakao, richtige Wurst, nicht nur die grässliche Gemüsewurst, es gab Schokolade, Bonbons. Wir hatten im Jahr 1948 die Währungsreform. Das alte Notgeld war unbrauchbar. Mein Vater hatte für die Fünf-Pfennig-Note der französisch besetzten Zone das Bild mit dem Schloss Lichtenstein gezeichnet. Ab Kriegsende gab es keine Deutsche Reichsmark mehr, und die Besatzungsmacht ließ Notgeld drucken. Dazu wählten sie von den ansässigen Künstlern Vorlagen aus. So kam die Zeichnung von Schloss Lichtenstein und Schloss Sigmaringen, die mein Vater gezeichnet hatte, auf die Fünf-Pfennig- und die Zehn-Pfennig-Note. Mein Vater hatte ja ein Atelier und zeichnete Postkarten und Bilder mit sehenswürdigen Objekten.

Alles war anders. Die Waldorfschule bekam mit Hilfe der vielen Spenden, auch der Eltern, ein neues Schulhaus. Reutlingen war eine reiche Stadt, allein in meine Klasse gingen acht Kinder, deren Eltern Millionäre waren. In Reutlingen und Umgebung gab es Spinnereien, Webereien usw. Ich erinnere mich an eine Mitschülerin, an Karin. Sie hatte Kinderlähmung gehabt, konnte so gut wie nicht laufen, jedenfalls den Weg zur Schule nicht. Sie hatte einen Holländer, das war ein Gefährt, mit dem sie noch in die nahegelegene Baracke kam. Aber als dann unser Schulhaus fertig war, schaffte sie es nicht, den Berg hochzufahren. Wir mochten uns, und so fuhr ich immer eine Straßenbahn früher, um sie mit dem Leiterwagen abzuholen und in die Schule zu ziehen. Zuhause bei Karin war in der großen Diele eine Hängematte für uns Kinder, das war eine wahre Freude, Karin konnte da mitmachen und schaffte es, in die Hängematte zu klettern, oder wir ärgerten das Dienstmädchen. Die Eltern waren ziemlich vermögend, aber darüber machten wir uns keinerlei Gedanken. Mit der Zeit änderte sich auch diese Lage, Karin wurde irgendwann mit dem Auto in die Schule gebracht.

Die Trümmer wurden weggeräumt, es gab neue Häuser, aber die Straßenbahn fuhr wenigstens noch. An manchen freien Nachmittagen konnte ich mit meinem Onkel Heinz zu Hap Grieshaber, dem Maler, gehen. Er wohnte in Reutlingen. Oben an der Achalm auf dem Scheibengipfel, einer kleinen

Erhebung, dort hatte er sein Atelier. Er war sehr verschlossen und sprach nicht viel, das fand ich ganz in Ordnung.

Ich konnte Bilder und Drucke auf die Wäscheleine hängen oder Pinsel reinigen und kam mir sehr wichtig vor. Mein Onkel Heinz, der Bruder meiner Mutter, war Bildhauer und Architekt, ich konnte ihn nicht leiden. Er war auch sehr schweigsam, vielleicht lag es daran, dass meine Mutter irgend welche Auseinandersetzungen mit ihm hatte. Später hat er den Friedensbrunnen vor dem Rathaus für meine Heimatstadt Pfullingen entworfen und gebaut. Aber da war ich schon längst nicht mehr dort. Wenn ich heute nach Pfullingen komme, gehe ich gerne dorthin und setze mich in der Nähe in ein Café und schaue mir diesen Brunnen an.

Die Schule war für mich inzwischen sehr wichtig geworden, ich ging sehr gern in die Schule. Die größte Strafe war, nicht in die Schule zu dürfen. Die unverheirateten Lehrerinnen wurden damals mit „Fräulein" angesprochen. Meine Klassenlehrerin war Fräulein Korff, sie war die Jüngste in der Lehrerschaft, groß und richtig schön war sie. Sie trug immer eine Baskenmütze, was damals Mode war. Mein Vater hatte auch eine Baskenmütze. Fräulein Korff, Herr Weismann und Fräulein Schönemann wohnten alle in Pfullingen und fuhren täglich mit der Straßenbahn. Fräulein Schönemann war die Handarbeitslehrerin, ihr Spitznamen war Tante Lala. Keiner wusste warum, aber überall hieß sie nur Tante Lala. Zum Handarbeitsunterricht gingen wir gerne, dort war immer irgendetwas anderes los. Die Jungs sollten stricken lernen, das klappte richtig gut. Ich weigerte mich hartnäckig, die Kunst mit den Nadeln zu lernen, malte lieber neu ausgedachte Stoffmuster an die Tafel. Das war dann auch gut, wie Tante Lala meinte. Dann gab es natürlich noch die Fachlehrer für Physik, Chemie, Mathematik, Französisch, Griechisch, Latein, Eurythmie, Werken, Sport, Englisch, und es gab unseren Rektor Herrn Weismann. Er wohnte im Klostergarten, dort stand eine prächtige Villa.

Die Villa stand etwas abseits, erst dahinter lag dieser prächtige warme Klostergarten, der von einer hohen Mauer umgeben war. Man traf nie jemanden an, der Gärtner arbeitete wohl schon sehr früh am Morgen. Ich habe in all den Monaten, die ich dort sein durfte, nie jemanden angetroffen. An der Mauer wuchsen schöne Spalier-Apfelbäume, Birn- und Kirschbäume, es war für mich ein Paradies. Dort war es auf eigentümliche Weise viel wärmer als außerhalb. Herr Weismann, der Rektor der Waldorfschule, war ein ruhiger, sehr sanfter Mensch. Er machte auf mich immer den Eindruck, als ob er alles

Unheil dieser Erde lösen und beseitigen könnte. Ich hatte großen Respekt vor ihm, eigentlich hatten alle Schüler große Hochachtung vor ihm. Damals gab es ja keine Spielplätze, und ich sollte nicht in den Trümmern spielen. Meine nur vier Jahre ältere Schwester sollte auf mich aufpassen. Das alles waren sicher Probleme, und meine Eltern kannten Herrn Weismann sehr gut. Der Klostergarten war nur knapp fünf Minuten von zuhause entfernt, und so hatte Herr Weismann mir erlaubt, meine Freizeit nach der Schule im Klostergarten zu verbringen. Ich begann, den Garten zu erforschen. Die kleine, alte Klosterkirche war schön, mein Vater hatte sie sogar in seinem Atelier gezeichnet. Die Fußböden waren zum Teil morsch, und es war gefährlich, dort rein-zugehen. Alte Möbel standen neben Truhen, Werk-bänke, altes Werkzeug, Seile, Blumenkästen neben Eisengittern, Bettgestelle, unglaublich viele Tische. Es war eine Freude, überall hindurchzukriechen. Ich freute mich täglich auf meinen Heimweg, um dann schnell in den Garten zu kommen. Es gab ein altes Sprechgitter aus der Zeit, als dort noch Non-nen lebten. Da saß ich dann und erzählte, was mir so einfiel, ich war dann die traurige Nonne. Doch eines Tages fand ich den verschütteten Eingang. Bloß wohin führte er? Ich arbeitete mich täglich ein Stück weiter vorwärts, und schließlich war der Eingang so viel frei, dass ich gerade hindurch passte. Ich befand mich in einem langen dunklen Gang. Wohin führte er nur?

Jetzt sammelte ich Kerzen, Kreide, Streichhölzer. Wer hatte damals schon eine Taschenlampe? Ich nicht. Ich traute mich täglich ein kleines Stück weiter vorwärts. Das Gewölbe war nicht allzu hoch, es ging leicht abwärts. Ich malte mit der Kreide Zeichen an Boden und Wände. Nach Wochen hatte ich mich schon ein ziemliches Stück vorwärts gearbeitet. Dann kam ich an etwas dunkles Hohes, es ging nicht weiter, es war wohl ein großes Fass. Da hörte ich ganz fern Stimmen, ich konnte es mir nicht erklären und kroch jetzt um Kisten und Kartons herum. Dann hörte ich Schritte über mir. Eine Treppe führte nach oben. Ich rief laut, klopfte so gut ich konnte, da ging die Klappe hoch, eine Frau stand da. Sie brachte kein Wort heraus. „Ja wer hat dich hier eingesperrt?", fragte sie. Ich erzählte ihr meine Geschichte, sie konnte es gar nicht glauben. Ich war in einer uralten Kneipe gelandet, damals hieß sie Spittel. Ob es diese Kneipe heute noch gibt? Sie sagte, dass sie vor Jahren gehört hat, dass es einen Geheimgang vom Kloster bis zu Kneipe geben soll. Ich solle still sein und schnell alles wieder zuschütten, sonst hätte sie keine ruhige Minute mehr. Ich musste es ihr hoch und heilig versprechen, was ich dann auch machte. Als Belohnung erhielt ich ein großes Butterbrot und ging zurück zum Klostergarten, aber nicht mehr durch den unterirdischen Gang, sondern über die Straße. Das blieb dann mein Geheimnis, keiner hat je etwas darüber erfahren.

Der Klostergarten war für mich eine unglaublich schöne Erinnerung an meine Kindheit. Heute ist das alles verschwunden, dort ist heute ein großes Schulgelände, der Garten ist weg. Mit ihm die Obstbäume, Beeren – und das Sprechgitter.

Der Friedensbrunnen von Onkel Heinz

Harald Forst: „Baumrest", Öl auf Papier

Harald Forst

Die Blumen
sind verblüüht im Tal …

Diese Melodie zog Stani durch den Kopf. „Die Bluumen sind verblüüht im Tal …" Immer wieder. Das war Wehmut? Es war ein schmerzhaftes Gefühl im ganzen Brustkorb, und es hatte bestimmt nichts mit dem Herzen zu tun, jedenfalls nicht mit dem Organ, das von seinem Sohn, einem Arzt, medizinisch gut betreut wurde.

Es war das Gemüt, das irgendwo in der Herzgegend zu sitzen schien, im Moment nicht sehr gemütlich.

Eigentlich war auch sein Gemüt gut versorgt vom Sohn und von der ganzen Familie, aber dieser Schmerz hatte etwas mit Vergangenheit zu tun, oder mit Vergänglichkeit? Solche Gedanken machte sich Stanislaw – oder besser Stani – gar nicht, nicht bewusst jedenfalls. Es war einfach ein Schmerz, der ihn furchtbar traurig machte, sodass ihm Tränen über das Gesicht liefen.

„Die Bluumen sind verblüüht im Tal ..." Frauen-
stimmen waren es, die er tief im Innern vernahm,
ein Frauenchor. „Die Bluumen sind verblüüht im
Tal ..." Ein viel zu gemütvolles Lied, das ihm vor
fünfzig, vor sechzig Jahren altmodisch, kitschig,
weibisch vorgekommen war. „Die Bluumen sind
verblüüht im Tal ..." Damals war es der neue Rhythmus, das Fetzige, die englische Sprache, die verrück-
ten Körperbewegungen, die in jedem Menschen zu
stecken schienen und fast automatisch durch die
Musik der Jugend ausgelöst wurden. Das war einmal seine Musik, dachte er oft. Aber jetzt ging ihm
dieses kitschige Lied nicht mehr aus dem Schädel.
„Die Bluumen sind verblüüüht im Tal ..."

War das nun ein Zeichen zunehmender
Demenz? Jedenfalls war er machtlos und der Wie-
derholung unterworfen. „Die Bluumen sind verblüüht im Tal ..." Immer wieder diese verdammten
Blumen.

Aber da entdeckte er den tieferen Sinn, ganz
tief im Innern: verblüht – das war das Wort, auf
das es ankam. Er war verblüht. Alles verblühte, ver-
glühte, wurde alt, wurde kalt. Und da bemerkte er
ein Gefühl der Zufriedenheit, sogar des Glücks, das
in dieser Erinnerung steckte. „Die Bluumen sind
verblüüht im Tal ..." Er war in seiner eigenen Vergänglichkeit aufgehoben in irgendeinem großen

Zusammenhang – dem Leben. Jedenfalls bis es mit dem Tod enden würde. Na ja, dachte er, und er ließ seine Tränen einfach laufen, als erneut diese Melodie durch Bauch und Herz und Kopf zog: „Die Bluumen sind verblüüht im Tal ...“

Mit dieser Melodie kamen tausend andere Erinnerungen angeweht, völlig ohne Ordnung. Da war der Karnickelstall des Vaters, die flauschigen, weichen Tiere, die man einfach aus dem Stall nehmen konnte, streicheln, mit einer Möhre füttern. Ganz kurz hatte er noch seinen Opa erlebt, ein ganz witziger, freundlicher Mann, der polnisch fluchte und jeden Sonntag die Kirche besuchte. Es tauchten die Bilder von Krieg, von brutalen Uniformen auf, in denen nette Nachbarn steckten – von Zerstörung und Angst. Und von Liebe. Seine Liebe, die vom Hof kam, einem mickrigen, ärmlichen Kotten am Rande des Reviers, die ihn trotz aller Pollacken-Attacken geheiratet hatte.

Es waren wunderbare Jahre gewesen, mit Eiern von den eigenen Hühnern, mit Grünkohl, Äpfeln, Buttercremetorte, Kindergeburtstagen mit Klaus oder Monika und Familienfeiern oder Feiern mit den alten Freunden, von denen die meisten inzwischen schon verstorben waren. Einmal hatte es einen Urlaub an der Nordsee gegeben und einmal im Sauerland. Da hing noch eine bemalte Baum-

scheibe mit der Aufschrift „Sorpesee" an der Flur-
wand. Stani hielt seine Nase dicht daran und roch
noch den Duft von Kiefernholz und den von seiner Frau. Den Duft hatte er allerdings immer in der
Nase – etwas mit Rapsöl und Nähmaschinenöl, ver-
mischt mit einer Prise 4711.

Mathias Scholz: Lady Chatterley

Mathias Scholz

In der Ruhe liegt die Kraft

Lady Chatterley, eine achtjährige Bernhardiner-Hündin, kam zu uns ins Tierheim, weil ihre Besitzerin wegen Demenz selbst in ein Heim musste. Der Sohn der Frau konnte das große Tier nicht in seiner Mietwohnung aufnehmen, denn es hätte den Rauswurf durch seinen Vermieter zur Folge gehabt. Somit kamen beide, wie erwähnt, ins Heim. Lady brachte nichts aus der Ruhe. Kläffende Kleinhunde, ein voller Futternapf oder das morgendliche Wecken um acht Uhr – nichts, aber auch gar nichts schien das schwere Mädchen zu bewegen. Wenn alle Hunde in den Freianlagen tobten, ihr morgendliches Geschäft machten, die Großen den kleinen Pissern mit drohendem Knurren sagten, dass sie noch keine Lust zur Unterhaltung hätten, lag die Bernhardiner-Hündin seelenruhig auf ihrer Schlafdecke und drehte sich noch einmal um. Wenn ich sie am Halsband nahm, um sie zum Aufstehen zu bewegen, stellte sie sich tot. 50 Kilo einfach mal so hochzuheben war mir nicht möglich. Die Stunde Reinigungszeit der Innenkäfige verzögerte sich deswegen jeden Tag. Selbst das Geräusch des Hoch-druckreinigers brachte sie nicht auf Trab. Sie muss ihr ganzes Leben bei ihrer dementen Vorbesitzerin verschlafen haben. Nur langsam gewöhnte sie sich an den Rhythmus unseres Tierheimlebens. Von Trennungsschmerz war sie nicht geplagt, wie es bei anderen Hunden vorkam. Nein, sie war einfach faul und phlegmatisch. Selbst der abendlichen Einschlaf-geschichte, die jeder Hund vor der Nachtruhe von mir erzählt bekam, hörte sie nur mit einem Ohr zu. Es war allerdings auch möglich, dass sie auf diese Art ihren Trennungsschmerz verarbeitete. So große Bernhardiner-Hunde werden selten über zehn Jahre alt, deswegen war es sehr schwer, für sie einen neuen Besitzer zu finden. Ich hatte die Befürchtung, dass sie ihr Leben bei uns im Heim beenden müsste.

Diesmal straften mich meine Vorurteile Lügen. Eine sehr nette und sympathische Frau aus Reit im Winkl interessierte sich für Lady. Nachdem sie mit ihr zweimal zum Gassi-Gehen (Gassi-Trödeln) war, fragte sie, ob der Hund für einen älteren Mann geeignet wäre. Der Hund ihres 90-jährigen Opas sei gestorben. Er sitze schon seit Jahren im Rollstuhl. Die ganze Familie wohne in einem großen Bauern-haus und wünsche sich einen Hund, der ruhig, aber vorwiegend für den Opa da ist.

Na, das passte doch wieder! Einen Tag später packte ich die Hündin in das Tierheimauto, sodass der 3er Golf hinten in die Knie ging. Schon fuhren wir nach Reit im Winkl. Alles war so wie beschrieben. Das wunderschöne altbayrische, dreistöckige Bauernhaus mit eindrucksvollem Bauerngarten und seiner bunten Blumenpracht an den Balkonen machte mich zuversichtlich, dass Lady Chatterley das richtige Zuhause gefunden hatte. Mit schaukelndem Gang und wackelndem Hintern ging sie zielstrebig, als hätte sie schon immer hier gewohnt, in das Gebäude. Jeder Hund würde mit seiner Nase die Dielen und alles Erreichbare beschnuppern, sie nicht. Lediglich die vorbeikommenden neugierigen Katzen betrachtete sie kurz. Ihr Gesicht schien zu sagen: „Sind doch nur Katzen!" Ab und zu bekam ich einen kurzen, fragenden Blick zugeworfen. Weil ich mich mit der Frau des Hauses unterhielt, schmiss sie sich, als es ihr zu langweilig wurde, lang hin. „Wollen wir mit ihr zum Opa gehen?", fragte mich die Frau. „Gut", sagte ich: „Die Hündin ist absolut gutmütig, und wenn der Opa vor einem großen Hund keine Angst hat, versuchen wir es einfach."

Sie lächelte und erzählte von den vielen Hunden, die er in seinem Leben schon gehabt hatte. „Da brauchen Sie keine Angst haben, je größer, desto besser", antwortete sie.

Wir gingen in einen Raum, in dem der ältere Herr im Rollstuhl saß. Ein drahtiger, aber vom Leben gezeichneter Mann begrüßte uns mit kurzem: „Griaß di". Sein von der Sonne gegerbtes Gesicht verriet sichtlich Freude über den großen Hund. Ich kam nicht dazu, zu antworten und den Hund vorzustellen.

„Du hoaßt Sonja, kimm her."

Artig trottelte Sonja-Lady zu dem Mann, setzte sich neben den Rollstuhl, als wenn es schon immer ihr Platz gewesen wäre. „Du machst es mir leicht, dich hier zu lassen", dachte ich. Die Hand des Opas streichelte zärtlich den Kopf der Hündin. Er erzählte mir, dass er in seinen jungen Jahren schon einmal Bernhardiner gezüchtet habe. „Das passt", dachte ich wieder, verabschiedete mich und versprach vorbeizukommen, wenn ich wieder mal in Reit im Winkl wäre. Da der Opa mit dem neuen Hund zufrieden war, bekam ich noch eine Spende für das Tierheim und fuhr zufrieden zurück.

Sechs Wochen waren vergangen, als ich wieder in diese Richtung musste. Bei meiner telefonischen Anfrage, ob es zeitlich passe, bekam ich eine etwas nachdenkliche Antwort. „Sie werden sich wundern, was aus den beiden geworden ist." Aus beiden? Dass der Opa sich durch den Hund verändert hatte, hätte ich mir denken können, aber Lady Chatterley

(Sonja) doch wohl nicht, oder? Ich war gespannt, was da geschehen war.

Ich wurde sehr freundlich von der Hausfrau empfangen. Sie teilte mir mit, dass alle glücklich seien. „Mein Vater hat wieder seinen Hund", wobei sie die Betonung auf „seinen" legte. „Was erzähle ich hier so lange", sagte sie in breitem Bayrisch, das typisch für Reit im Winkel ist. Bayrisch ist eben nicht gleich Bayrisch. Innerhalb von 50 Kilometern gibt es eklatante Unterschiede in der Aussprache. Selbst ich konnte nach den 16 Jahren in Traunstein die Unterschiede hören. Zum Erstaunen unserer Tierheim-Besucher konnte ich manchmal den Dialekt und damit den Heimatort bestimmen.

Die Frau führte mich in den Raum, in dem der Vater saß. Er hatte einen modernen Rollstuhl. Rechts neben ihm saß Sonja, daneben auf dem Sofa lag eine Katze mit Jungen, die gerade eine Woche alt waren. Ich sprach den Hund mit: „Na, Sonja" an, begrüßte den Opa mit „Griaß di", und wollte mir die Katzen auf dem Sofa ansehen. Ein Bernhardiner ist ein sachliches, ruhiges Tier. Er rettet Lebewesen, die in Not sind.

Letzteres hatte die liebe Sonja zu ernst genommen, oder der Opa hatte es in ihr geweckt. Ich konnte, ohne mich zu gefährden, keinen einzigen

Schritt mehr machen. Jede Bewegung wurde mit einem Knurren in Sprungstellung quittiert. „Ich habe dir jeden Tag eine Geschichte erzählt, erinnerst du dich nicht an mich?", ermahnte ich die treulose Hundedame. Keine Reaktion. Doch vom Opa kam eine: Er grinste in sich hinein. Die Tochter zog mich aus dem Zimmer. „Na, zufrieden?", fragte sie. Auf so eine Frage brachte ich nur ein „Hmm" heraus.

„Der Opa ist zufrieden, die Katze hat für ihre Kinder einen Aufpasser, und der Hund hat neue Freunde, da brauchen Sie nicht traurig sein", versuchte sie, mich zu trösten.

War ich nicht, aber ich muss sagen, dass es in meinem Beruf bis zuletzt Momente gab, die selbst mich noch zum Staunen brachten.

Nachtrag: Unsere Tochter Isabel hat in Bayern ihre Familie gegründet, wodurch wir regelmäßig unsere Arbeitsheimat besuchen. Der Zufall wollte es, dass wir bei einem dieser Besuche einen Bekannten aus Reit trafen. Ich hatte sofort an Lady Chatterley gedacht und fragte ihn, ob er die Familie kennen würde. Er kannte sie. Er erzählte uns, dass die beiden noch zwei glückliche Jahre hatten. Dann starb der Hund, und drei Tage später der Opa.

Friedel Weise-Ney: „Tanz", Acryll und Aquarellstift

Friedel Weise-Ney

Ausgebellt

Das Leben ist ein Billardtisch, denke ich manchmal. Dann liege ich in Gedanken als Kugel in der Mitte dieses Billardtischs und werde angestoßen, treffe auf eine Wand, treffe auf andere Kugeln, rolle vor und zurück. Wo führt mein Schicksal mich hin, lande ich im Loch, aber wer gibt das Ziel vor?

Begegnungen treiben uns im Leben in Richtungen, die neu für uns sind, bewegen uns und bestimmen die Wege die wir einschlagen.

Eine solche Begegnung hatte ich vor einigen Jahren. Zum ersten Mal durfte ich einige meiner Gedichte öffentlich vortragen. Ich wusste aber, dass ich sehr aufgeregt sein und vielleicht kein Wort herausbringen würde.

Freunde haben mir dann einen ehemaligen Schauspieler als Lehrer empfohlen.

Die vielen Treppen in dem alten Mehrfamilienhaus, hinauf bis zum Dachgeschoss, waren begleitet von Hundegebell. Das Bellen klang nicht besonders freundlich. Beim Öffnen der Tür sprangen mich schnuppernd und bellend zwei kleine weiße Hunde an, dahinter tauchte ein gut gekleideter Herr auf. Ich schätzte ihn so zwischen sechzig und siebzig Jahren, also deutlich jünger als er wirklich war. Groß und schlank, mit strahlenden Augen musterte er mich. War mir meine Angst anzusehen?

Als Kind hatte ich ein gespaltenes Verhältnis zu Lehrern. Es gab eigentlich nur einen Lehrer, den Direktor unserer evangelischen Grundschule, den ich wirklich gern hatte. Ein dicker Mann mit Halbglatze und freundlichen Augen. Manchmal nahm er seine Geige heraus und fiedelte für uns Schüler eine lustige Musik. Dies waren meine schönsten Schulstunden.

Tom Witkowski war nun mein Lehrmeister. Aber ich war kein kleines Mädchen mehr, sondern eine alte Ärztin und Lyrikerin. Ich hatte keine Sprecherfahrungen, war aufgeregt wie ein Schulkind.

In Toms Arbeitsraum durfte ich auf einem geschnitzten alten Stuhl mit einem Kissen voller Hundehaare Platz nehmen. Er schloss die Tür hinter uns. Die Hunde machten sich durch Kratzen und Bellen bemerkbar. Der Fluchtweg war also versperrt.

„Dann fangen Sie mal an", forderte mich Tom auf. Die Hunde schwiegen, hörten sie zu? Ich las also mein für mich wichtigstes Gedicht vor. Wie gesagt, ich las es runter, emotionslos, sachlich. „Das ist ja schrecklich, ganz schrecklich", schrie er mich an. Ich stutzte, die Hunde bellten. „Ja, der Text ist sozialkritisch, das Thema schrecklich", stotterte ich mit klopfendem Herzen.

„Dann sprechen Sie es doch auch so!", rief er laut, fast wütend. Nun hatte er mich erwischt, kommt jetzt das Urteil, Folter vielleicht? Bin ich wieder in der verhassten Schule und kann noch nicht einmal weglaufen. Wieder bellten die Hunde im Flur, eine beruhigende Frauenstimme brachte sie zum Schweigen. Ich musste noch einmal vortragen, alles erklären. Ich musste den Inhalt des Gedichtes so lange erklären, bis ich fast heulen musste. Aber nun verstand ich Tom endlich. Ich sollte alles, was ich beim Schreiben meiner Lyrik empfunden, gefühlt habe, wieder in mir aufleben lassen.

Beim Abschiednehmen nach zwei Stunden harter Arbeit erschien der Kopf einer rothaarigen, streng blickenden Dame in der Tür. Ich wurde von oben bis unten gemustert. „Noch eine Lehrerin, die mir etwas beibringen will, dachte ich. „Meine Frau Michaela", stellte Tom sie vor.

Ich, die alte Billardkugel, wurde angestoßen und landete nach vielen Berührungen im Zielloch. Danke!

Manchmal braucht man eben einen Stoß in die richtige Richtung.

Übrigens: Ich werde jetzt nicht mehr ausgebellt, sondern freudig angebellt!

Mathias Scholz: Elefantenpflege

Mathias Scholz

Elefantenschnaps

Elefantenschnaps ist, so als Wort, nicht ganz richtig. Denn in einem Hundekuchen sind doch auch keine Hunde! Richtig müsste es „Grog für Elefanten" heißen. Das ist eine Flasche Korn mit einem Kilogramm Zucker auf einen Eimer körperwarmes Wasser. So wurde er bei uns für einen kranken Elefanten zubereitet. Das mag sich unglaublich anhören. Doch schon die alten Zirkusleute gaben ihren Elefanten, wenn sie erkältet waren, Schnaps. Die Wirkung ist die gleiche wie bei uns Menschen: Der Alkohol erweitert die Blutgefäße, die geschwollene Schleimhaut im Rüssel wird durch die Alkoholwirkung besser durchblutet.

Der Nachteil ist, dass der Körper dadurch schneller auskühlt. Normalerweise geht ein erkälteter Mensch dann ins Bett, um durchs Schwitzen die Wärme zu halten. Mit Elefanten geht das nicht ganz so einfach, denn welcher Pfleger möchte schon einen Elefanten bei sich im Bett haben? Eine Lösung dafür gibt es dennoch: Die Tiere bekommen Stallruhe verordnet. Die Temperatur im Elefantenhaus wird an diesem Tag um circa fünf Grad erhöht. Das hört sich alles sehr plausibel an, und damit könnte ich die Erzählung auch schon beenden, aber dieses Hausmittel bedarf vieler zusätzlicher kleiner Tricks. So hat einem guten Freund der Elefantenschnaps kein Glück gebracht.

Ich kann bestätigen, dass dieses Erkältungsmittel in den zwölf Jahren, in denen ich als Elefantenpfleger tätig war, nie versagt hat. Das erste Problem, das auftrat, war die Verabreichung dieser „Medizin". Zunächst jedoch möchte ich schildern, wie es aussieht, wenn ein Elefant einen Schnupfen hat: Er steht rum, hat keine Lust zum Laufen, ist traurig, und der Rüssel läuft und läuft. Wie die Nase bei uns Menschen tropfen kann, wissen Sie selbst. Und nun stellen Sie sich einmal einen Rüssel vor: Da kommen bei einer Erkältung richtige Bäche heraus.

Vierzigprozentige Alkohole würde kein normaler Elefant anrühren. Die Betonung liegt hier wirklich auf dem Wort „normaler" Elefant. Lassen Sie mal ein zehnjähriges Kind an einem Glas Wodka nippen. Sie kennen die Reaktion: Pfui, das schmeckt nicht! Wenn sie aber erwachsen sind, saufen sie das Zeug dann doch. Warum?

Wegen der Wirkung!

Nicht anders ist es auch bei den Elefanten. Erst wenn sie die Wirkung mit dem Getränk in Verbindung bringen – und glauben Sie mir, Elefanten lernen schnell –, sind sie süchtig danach. Hatte ich einmal am Vorabend zu tief ins Glas geschaut, hatte ich am Morgen ständig die Rüssel an meinem Gesicht, als wollten die Dickhäuter sagen: Den Geruch des Alkohols kennen wir, gib uns gefälligst etwas davon ab.

Einem Elefanten einen Grog zu verabreichen, ist daher normalerweise einfach. Eine Flasche Schnaps, ein Eimer trinkwarmes Wasser, und ganz wichtig dabei: der Zucker. Wenn sich der Zucker durch unzureichendes Umrühren nicht auflöste und am Boden des Eimers abgesetzt hatte, wurde mit dem Rüsselfinger so lange im Eimer herumgekratzt, bis der Boden fast durchgescheuert war. Dabei hielt der Elefant den Eimer mit dem Fuß fest.

Die eingesogene Alkoholmischung, circa fünf Liter, desinfiziert die Schleimhaut. Geringe Alkoholmengen werden direkt in den Körper aufgenommen.

Bei der ersten Grog-Verabreichung an die vom Schnupfen gebeutelte Sundali tauchte ein unerwartetes Problem auf: Der zweite, nicht kranke Elefant, der keinen „süß-süffigen Grog-Eimer" bekam, war sauer. Karla war dermaßen futterneidisch, dass sie, als Dali ihren ersten Schluck im Rüssel hatte, diese so heftig in die Seite boxte, dass Dali vor Schreck alles ausspuckte. Den größten Teil der Mixtur bekam ich ab. Haare, Unterwäsche und Hemd nahmen nach einiger Zeit einen eigenartigen Geruch an. Ich kam mir wie ein „Alki" am Kiosk vor. Durch den Zucker härteten meine Haare und ebenso die Kleidung langsam aus.

Bei der zweiten Schnupfenbehandlung musste ich also die Verabreichungsmethode ändern: So kam es, dass sich der gesunde Elefant freuen konnte, ebenfalls etwas von dem Getränk – allerdings mit weniger Alkohol, dafür mit mehr Zucker – abzubekommen. Schon bei einem so kleinen Rausch trauten sich die Elefanten nicht mehr, sich hinzulegen. Sie standen dann in starker Schieflage. Der Rüssel hing schlaff und lotrecht herunter. Ging man einige Schritte zurück, sah es aus, als ob der Fußboden ein Gefälle hätte.

Über die Intelligenz und die Merkfähigkeit von Elefanten ist viel berichtet worden. Ich kann das nur bestätigen. Es ist alles wahr. Das sind ganz ausgebuffte Profis! Ich brauchte eine ganze Weile, bis ich mitbekam, warum sie auch im Sommer so viele Erkältungen hatten. Die beiden hatten simuliert!

Die ganze Nacht sammelten sie Rüsselspucke. Wenn ich sie frühmorgens in die Freianlage lassen wollte, lief es nur so aus den Elefantennasen. Danach standen sie in der Ecke des Geheges und beobachteten, ob ich auch wirklich mit dem Eimer und der Flasche unter dem Arm zurückkam.

Wir Elefantenpfleger legten fest, den Schnaps einer Qualitätskontrolle zu unterziehen. Der erste Schluck gehörte immer dem Tierpfleger. Das Zeug hätte doch schließlich schlecht sein können?! Es wurde natürlich auch beim Ausgießen noch ein kleiner Rest in der Flasche gelassen, falls sich am Boden etwas Ungenießbares befunden hätte. Dieser Spaß wurde zum Ritual. Dass sich durch diesen Blödsinn das Leben eines meiner Kollegen negativ veränderte, hört sich im diesen Zusammenhang eigenartig an, war jedoch nicht ohne Tragik.

Die Rauschphase hielt bei den Tieren immer einige Stunden an. Damit wir im Notfall schnell mal helfen konnten, hatten wir im Futter-Magazin stets zwei „Kollis" (12 Flaschen) Schnaps Reserve stehen. Ich bekam zu diesem Raum einen Schlüssel, musste aber auf einer Registrierkarte alle Behandlungen eintragen.

Diese Regelung für die Schnapslagerung war nur mit großen Schwierigkeiten eingerichtet worden, denn der Tierpark unterstand verwaltungstechnisch dem Rat der Stadt Cottbus. Machen Sie mal dem Beamten einer Behörde klar, dass unsere Elefanten saufen! Der Schnaps musste als Futtermittel oder Medizin gekauft werden! Dank der Hartnäckigkeit unseres Verwaltungsleiters nahmen wir diese Hürde doch noch. Mit doppelter Unterschrift sowie monatlicher Kontrolle durch den Direktor bekamen wir eine Ausnahmegenehmigung. Die Kontrollen wurden anfänglich sehr streng durchgeführt. Nach einem Jahr wurden sie jedoch oberflächliche Routine, und schon bald gab es sie gar nicht mehr. Bei spontanen Feiern fragte mein Chef zweideutig nach, ob die Elefanten heute nicht wieder Schnupfen hätten. Das habe ich aber meinen Elefanten sicherheitshalber nie erzählt.

Die Dicken wussten irgendwann, dass sie mich nicht mehr austricksen konnten. Bevor sie einen heilenden Grog bekamen, wurde Fieber gemessen (von hinten) und das, das hatten sie gar nicht gern. Sie entschieden sich dann häufig gegen den Grog. So reduzierte sich die „Schnaps-Heilung" auf die echten Schnupfenattacken.

Bald darauf bemerkte ich, dass an einigen Flaschen die Verschlüsse offen waren und der darin enthaltene Schnaps verdünnt schmeckte. Ich sagte es unserem Zuständigen im Futterrevier, der die Schuld sofort auf die Lehrlinge schob. Die hätten bestimmt beim Aufräumen einen getrunken, und, damit es keiner merkt, die Flaschen mit Wasser aufgefüllt.

Der Vorfall war fast vergessen, als mich unser Verwaltungsleiter fragte, warum wir in der letzten Zeit so viel Elefantenschnaps bräuchten. Jeden Monat wurden zwei „Kollis" à 12 Flaschen gekauft. Das konnte aber nicht sein, denn der letzte Schnupfen war bereits vier Monate her, erklärte ich ihm. Ab und zu wurde mal eine Flasche für eine Feier abgezweigt, aber 24 Flaschen waren für meine Begriffe nicht realistisch. Bei der darauffolgenden Kontrolle standen jedoch 24 Flaschen im Regal. Der Kollege, der den Einkauf machte, war im Urlaub. Wir beschlossen, die Sache nach seiner Rückkehr aufzuklären.

Dazu sollte es allerdings nicht mehr kommen, denn an seinem ersten Arbeitstag brach er im Tierpark zusammen. Wir mussten sogar einen Notarzt holen. Dieser stellte eine Alkoholvergiftung fest, worauf uns ein schlimmer Verdacht kam. Dass sich der Kollege in der letzten Zeit verändert hatte, war uns auch schon aufgefallen, aber dass er heimlich angefangen hatte zu trinken, damit hatte nun wahrlich keiner gerechnet. Er ließ sich dann freiwillig mit einer Entziehungskur helfen.

Die Kontrolle der vielen Flaschen ergab im Nachhinein, dass sie alle nur noch mit Wasser gefüllt waren. Die Verführung, ohne aufzufallen an Alkohol zu gelangen, war einfach zu groß gewesen.

Bloß gut, dass die Elefanten ihr Schnupfenelixier nicht selbständig einnehmen konnten, die beiden wären mit Sicherheit auch Alkoholiker geworden.

Harald Forst: Ohne Titel, Acryl auf Leinwand

Harald Forst

Erna

Alle Anwohner des Viertels hörten regelmäßig mit, wenn Erna mit anderen Nachbarn oder eingeladenen Freundinnen redete. Sie war so laut, dass jeder im Umkreis von mindestens 50 Metern alles verstehen konnte. Sie redete fast ohne Unterlass und machte sich mit dieser stets gleich lauten Stimme zum Mittelpunkt der Aufmerksamkeit.

Es ging dabei um völlig Belangloses, um die Frage, was, wo und wie billig oder teuer eingekauft worden war, was sie gekocht hatte, welche Freundin ebenfalls etwas gekocht hatte, ob der Partner der Tochter zuverlässig war, ob sie gut geschlafen hatte, welcher Arzt welche Medikamente verschrieben hatte, ob der Enkel unter den vielen ausländischen Kindern in der Grundschule wohl richtig aufgehoben war, ob das Wetter gut oder schlecht war, wie wunderschön die Hochzeit zwischen den einen oder anderen Königskindern oder mindestens Adeligen oder anderweitig Prominenten gewesen war.

Ernas furchtbar laute Stimme war schon sehr ausgeprägt, als sie noch ein kleines Kind war, weil sie sich sonst nicht gegen die Geschwister, die ebenfalls lauten Eltern, gegen den Lärm der Nachbarskinder hätte durchsetzen können. Damit hatte sie es geschafft, ein Gefühl eigener Bedeutung und Wichtigkeit zu haben, während sich ihre Wahrnehmung der Gefühle anderer abschwächte. Sie merkte nicht, dass sie andere störte und mit ihrem unablässigen Sprechen alle anderen zum Schweigen brachte.

Die Freundinnen, die sie besuchten, hatten viel weniger Selbstbewusstsein und Durchsetzungsvermögen als sie und ließen sich von dem Sprachstrom davonschwemmen, weil sie auf diese Weise ein wenig von Ernas Bedeutung profitierten und mit dem neuesten Klatsch versorgt wurden.

Wenn Ernas Tochter sie mit dem Enkelkind besuchte, etwa einmal pro Woche, wurde es fast doppelt so laut. Der Radius des Verstehbaren wuchs auf circa hundert Meter an. Mit Spitzenlautstärke, wenn sie die Enkelin rief: „Komma beie Omma!" Oder, ein bisschen näher am Hochdeutschen: „Komma bei die Omma bei!" Das hatte völlig die gleiche Bedeutung und Wirkung wie der Satz einer Großmutter aus der Beamtenstraße: „Kommst du bitte einmal zur Ooma?"

Manche wollten, aber konnten ihr nicht ausweichen. War man auf der Straße, um die Mülltonnen rauszustellen, war auch Erna Müller da und hatte natürlich irgendetwas zu sagen. Und kam die Eierfrau und die Nachbarn sammelten sich an deren Verkaufswagen, war auch Erna darunter, kannte alle Eierpreise, wusste, welcher Nachbar krank war und mit welchem Notarzt er in welches Krankenhaus gebracht worden war, und sie kannte natürlich schon die Diagnose und die Prognose: „Wird ja wohl nix mehr mit dem. Die Tochter hätte den ja auch mal öfter besuchen können!"

Eigentlich wäre sie für diese Erzählung gar nicht so wichtig, auf ihre laute Stimme hätte man in der Sankt-Agnes-Kirche auch gern verzichtet, weil sie stets andere störte. Leute, die vorsichtig den Text suchten, fromm-bescheidene Stimmen der kleinen Gemeinde, sogar die Stimme des schon ein wenig altersschwachen Pfarrers übertönte sie.

Aber sie hatte weiße Mäuse. Keine lebendigen, auch keine deliranten, sondern Mäuse aus weißem Mäusespeck zum Kauen. Und immer, wenn sie im Hausflur oder auf der Straße war und einem Kind begegnete, zog sie aus einer nicht sichtbaren Tasche ihres Kleides weiße Mäuse hervor und verteilte sie. Dabei brüllte sie dem jeweiligen Kind irgendeine kindgerechte Freundlichkeit entgegen, die die Kinder nie richtig verstanden, während sie zunächst verschreckt zurückzuckten, aber dann doch nach einer der weißen Mäuse griffen. Erna konnte dann auf dem Balkon davon reden, welches Kind sich wie entwickelt hatte, wie der Vater oder wie die Mutter aussah, welche Kinderkleidung von welchem Billiganbieter stammte und vieles mehr.

Niemand wusste es genau, niemand machte sich Gedanken darüber: Hatte Erna Müller die Kinder zur Vorbereitung ihrer Balkon-Tiraden benutzt, oder war sie einfach nur kinderfreundlich? Oder traf vielleicht beides zu? Jedenfalls prägte sie die Nachbarn, ihre Wahrnehmungs-, Konzentrations- und Verdrängungsfähigkeiten. Und sie war für alle Kinder in ihrer massigen Gestalt und mit ihrer lauten Stimme eine Art mächtige Mäusemutter. Und einige lernten später ein Gedicht kennen, „Herr von Ribbeck auf Ribbeck im Havelland …", und wussten dann, dass Erna eigentlich eng mit der höchsten Literatur verbunden war, sogar mit der Lyrik, „mit die Jedischte" hätte Erna selbst gesagt.

Also geht Erna Müller hiermit in den Gesamtzusammenhang dieser Erzählung ein als zentrale Person, eine Siegerin im Wettbewerb um die Lautstärke, das Gewicht, die Wichtigkeit, die Bedeutung des Unbedeutenden, eine Siegerin auf dem Feld der pädagogischen Begleitung von Kindern einschließlich eines natürlichen Umgangs mit weißen Mäusen.

Es machte ihr einen gewissen Spaß, den Kindern ebenfalls.

Und Spaß haben ist offensichtlich eine heutige gesellschaftliche Hauptaufgabe, die nicht früh genug vermittelt werden kann.

Mathias Scholz: Hängekätzchen

Mathias Scholz

Rettung in letzter Minute

Jedes Jahr werden zur Ferienzeit Tiere in Pension gebracht. Hunde, Katzen und Kleintiere sind es mehr oder weniger gewöhnt, in Gemeinschaft auf ihr Frauchen oder Herrchen zu warten. Viele kamen gern zu uns, aber beim ersten Mal waren sie unsicher und ein wenig ängstlich. So kam im Sommer eine zwei Jahre alte, schwarz-weiße Halbangorakatze in Pension. Bis dahin durfte sie immer zu Hause bleiben und wurde von einer Nachbarin betreut. Als ich den Pensionsvertrag ausfüllte, fragte ich nach dem Namen des Tieres. Sie hieß „Katze". Ich musste an den Basset von Inspektor Columbo denken, der hieß auch nur „Hund".

„Katze" hatte am ersten Tag im Pensionszimmer Angst und verkroch sich in eine der dafür bereitstehenden Korbhöhlen. Wir überprüften bei Neulingen mehrmals am Tag, ob sie fressen und wie sie sich einleben. Am zweiten Tag schien alles in Ordnung zu sein. Uns verwunderte nur, dass „Katze" ständig einen kleinen Tropfen Blut an der Nase hatte. Christine, die für die Pensionskatzen zuständig war, meinte, das käme bestimmt von einer Rauferei und sie hätte dadurch eine Verletzung an der Nase davongetragen. Da es nicht bedrohlich aussah, beließen wir es erst einmal dabei. Damit über Nacht keine neuen Streitigkeiten entstehen konnten, brachten wir „Katze" in einen separaten Raum.

Am anderen Tag stellten wir fest, dass die Blutung beim Niesen entstand, da kam ein feiner, blutiger Nebel aus der Nase. Entsprechend sah das Zimmer aus. Wir fuhren sofort zu unserem Tierarzt. Sollte sich die Ader nach der Behandlung nicht schließen, müsste diese unter Narkose verödet werden, so die Diagnose. Die Blutung wurde daraufhin etwas weniger, hörte aber nicht ganz auf. Es sollte sich leider noch herausstellen, dass der Arzt sich geirrt hatte.

Doch der Reihe nach. „Katze" wurde immer ruhiger, und am Nachmittag fing sie an zu taumeln. Wir berieten uns telefonisch mit dem Tierarzt und fuhren auf sein Anraten sofort zu seiner Praxis. Bei der Untersuchung stellte unser Doktor, anders als bei der ersten Untersuchung, stark verdünntes Blut fest. Der Magen des Tieres war mit geschlucktem Blut gefüllt. Eine Vergiftung mit Rattengift lag nahe. Die normale Hauskatze mit einem Gewicht von drei Kilogramm hat eine Blutmenge von circa 200 Gramm. Das ist der Inhalt eines kleinen Tetra Packs. Wie die nähere Blutanalyse ergab, war bei „Katze" nur noch ein Drittel der festen Blutbestandteile vorhanden. Der Rest war vom Körper mit Flüssigkeit ausgeglichen worden. Die Katze hatte ohne Hilfe nur noch kurze Zeit zu leben. Mit hoher Wahrscheinlichkeit handelte es sich um eine Kumarin-Vergiftung, diagnostizierte unser Tierarzt. Kumarine sind chemische Giftstoffe, die in Rattengiften verwendet werden und bewirken, dass das Blut nicht gerinnen kann. Bei kleinsten Verletzungen werden die Adern nicht mehr verschlossen, und das Tier verblutet. Sie bekam eine Spritze, die die Wirkung des Giftes egalisieren sollte. Zusätzlich brauchte sie noch dringend eine Bluttransfusion. Weil Katzen zu wenig Blut in sich tragen, kam eine Transfusion von Katze zu Katze nicht infrage. Es müssten mindestens 50 Milliliter sein, wobei Hundeblut auch geeignet wäre. Der Versuch, Blut von einem Hund aus der Nachbarschaft des Tierarztes zu entnehmen, scheiterte an dessen langem Fell. Transfusionsblut wird bei Hunden am Hals abgenommen. Jetzt blieb mir nur noch die Rückfahrt ins Tierheim, um einen Spender-Hund zu holen.

Unsere Hunde staunten nicht schlecht, als ich am späten Abend mit Rio, einem semmelblonden

Labradormischling, noch einmal das Haus verließ. Dem sehr ruhigen und lieben Hund wurde die nötige Menge Blut abgezapft und sofort der schon bewegungslosen Katze injiziert. Wenige Minuten später kam wieder Leben in ihre Glieder. Eine Stunde später hatte „Katze", die zuvor nur noch den Hauch von Leben in sich trug, bereits wieder Hunger. Am anderen Morgen sah sie überhaupt nicht mehr krank aus. Selbst ich wusste bis dahin nicht, dass Hunde und Katzen keine Blutgruppen haben und somit notfallbedingt solche Transfusionen möglich sind. Das fremde Blut wird innerhalb von wenigen Tagen durch eigenes ersetzt und alles ist wieder wie „NEU".

„Katze" war nach der Behandlung ein wenig bissig. Sie schmuste, knurrte, und wenn ihr etwas nicht passte, biss sie. Gut möglich, dass das vom Hundeblut kam!

Das Rätsel, woher das Gift kam, konnten wir nicht lösen. Eine mögliche Erklärung wäre, dass die Katze eine vergiftete Maus gefressen hatte oder beim Rumstrolchen direkt mit dem Gift in Berührung gekommen war. Die vielen Stunden, die wir ihr geopfert hatten, waren glücklicherweise nicht umsonst gewesen.

Ich habe diese Geschichte schon sehr oft erzählt, und als mich einmal jemand fragte: „Lohnt sich denn ein solcher Aufwand für eine Katze?", habe ich nur geantwortet: „Ja!"

Friedel Weise-Ney: „Im Garten", Acryl auf Leinwand

Friedel Weise-Ney

Garten Eden

In der Mittagspause bin ich zu Fuß zum Supermarkt geeilt und habe viel mehr gekauft, als ich eigentlich wollte. Nun stehe ich auf der anderen Straßenseite von Haus 4 mit schweren Einkaufstaschen.

Die Pause ist eigentlich schon vorbei. Aber die Neugier hat mich gepackt, ich bleibe stehen. Haus 4 ist besonders bunt. Ein Graffitikünstler hat sich an der Fassade ausgetobt. Riesige Schlangen in allen Farben umkreisen exotische Pflanzen. Vielleicht wollte er etwas gegen die Tristesse, diese graue Stimmung in dieser Wohnanlage unternehmen.

Hinterm Parkplatz des Supermarkts stehen fünf Wohnblocks. Einige sind sechs Stockwerke hoch. Die Häuser sind noch nicht alt, sehen aber aus, als wären sie schon vor vierzig Jahren entstanden. Sie sind grau, wie ein Novemberhimmel, die Sockel sind beschmiert mit Schriftzeichen, die niemand deuten kann. Da ist Haus 4 glatt eine tolle Ausnahme.

Die ehemals grünen Fensterrahmen sind mittlerweile braun. Neben den immer offenen Türen hängen Klingelknöpfe mit kaputten Namensschildern. Viele Namen sind nicht lesbar, sind abgerissen oder überklebt, so als lebten hier Namenlose. Hausbesuche kann ich hier nur mit Hilfe des Hausmeisters oder mit dem Handy in der Hand machen.

An den Fenstern wehen Fahnen aus allen Ländern, dort hängen auch Satelitenschüsseln in verschiedenen Größen. Auch heute lungern im Eingangsbereich wieder Jugendliche herum, rauchen und trinken, singen und reden in verschiedenen Sprachen.

Heute ist etwas anders. Vor Haus 4 sehe ich einige Leute Pflanzenkübel von einem Handkarren heben. Neben ihnen machen vier Frauen merkwürdige Bewegungen. Schaufeln sie Erde? Tatsächlich, sie drehen dabei ihre Oberkörper wie große Insekten, wie Ameisen.

Hier in diesen Wohnblocks leben viele Sozialhilfeempfänger, einige sind Patienten von mir. Eine der Frauen sieht aus wie Ina. Was macht sie hier? Sie lebt doch in dem alten Villenviertel, auf der anderen Seite des Supermarkts. Ina will Medizin studieren, aber ihr Abiturschnitt ist nicht ausreichend. Sie kann nur im Ausland studieren oder muss jahrelang auf einen Studienplatz warten. Da sie auf der Sonnenseite dieser Gegend wohnt und weil ihre Eltern genug Geld haben, will sie vielleicht im Ausland studieren.

In meiner Arztpraxis sitzen im Wartezimmer gut betuchte Villenbesitzer neben Sozialhilfeempfängern.

Bei mir gibt es keine Zwei-Klassen-Medizin. Für mich gibt es nur schwer erkrankte oder weniger schwer leidende Patienten. Wer hustet oder nicht gut gehen kann, kommt gar nicht erst ins Wartezimmer. Diese Patienten sitzen im Flur vor dem Untersuchungszimmer. Schwerkranke Patienten mit Herz- oder Kreislaufproblemen werden gleich ins EKG-Zimmer gelegt. Und so eile ich, wie auf einer Notaufnahmestation, von Patient zu Patient.

Wer nur zum Reden kommt, muss am längsten warten, schließlich brauche ich mehr Zeit für ihn.

Ina entdeckt mich zuerst und ruft erstaunt: „Frau Doktor, wollen Sie uns nicht helfen?" Nun blicken auch die anderen Frauen zu mir herüber, lachen und winken. Ich stolpere über einen Steinhaufen und setze die schweren Taschen ab.

„Was soll das werden?", frage ich. Von oben, vom Dach erklingt die Stimme des Sängers. Auch er ist ein Patient von mir, aber einer der selten kommt, einer der wenig spricht. Er kommt hauptsächlich, um sich Schmerzmittel verschreiben zu lassen.

Die Frauen schauen nach oben, auf das Dach Richtung Sänger. Es ist erstaunlich, wie wenige Worte manche Menschen brauchen, um miteinander in Kontakt zu treten. Gestik und Blickkontakte genügen oft zur Verständigung, sogar mir, wenn ich einem fremden Patienten gegenübersitze.

Rosie zeigt mit der ausgestreckten Hand auf die Blumentöpfe und anschließend auf das Dach. Mani dreht sich summend, mit ausgestreckten Armen um sich selbst. Anne zeigt aufs Dach, dann auf die Erde und auf ihre Beine, so als wolle sie etwas von oben nach unten holen. Inas Gestik ist schwerer zu deuten. Sie macht kreisende Bewegungen mit beiden Armen wie ein Windrad, dann zeigt sie auf ihren bunten Rock. „Wir haben Knochen gefunden", ruft sie mir zu.

„Schauen Sie mal, sind es Menschenknochen?" – „Kann sein", antworte ich beim Anblick eines schmalen Unterarmknochens und eines Unterkieferknochens. „Vielleicht stammt die Erde von einem aufgehobenen Friedhof. Ihr solltet die Knochen sammeln. Auch ein Verbrechen kann man letztlich nicht ausschließen." Anne lässt die Schaufel fallen. „Das ist doch schrecklich, gerade jetzt, wo wir hier einen Garten anlegen wollen, finden wir Leichen."

– „Knochen", antworte ich. „Fragt doch mal bei der Hausverwaltung nach, oder wollt ihr nicht lieber doch alles der Polizei überlassen. Die wissen vielleicht, was hier auf dem Gelände früher war. Vielleicht war hier ja ein Friedhof."

Der Sänger ist still, und wie eine Antwort erklingt von einem Baum auf der anderen Straßenseite der Gesang einer Amsel. Laut und hell trällert sie ein Lied.

Wieder erschallt die tiefe Stimme des Mannes. Sie ist klar und deutlich, wie die Stimme eines ausgebildeten Sängers. Mit ausgebreiteten Armen steht er am Rand des Daches und blickt in die Wolken. Sein rechter Fuß leuchtet im Sonnenlicht. In dieser Siedlung hat ihn schon jeder einmal gesehen und gehört. „Wenn eine Träne nur Wasser noch ist ..." Wieder antwortet die Amsel, was für ein schönes Konzert. Alle Frauen halten inne mit dem Graben und schauen abwechselnd zum Baum und zum Dach.

„Er soll bloß nicht nach unten blicken, dann wird ihm vielleicht schwindlig und dann fällt er", sagt Ina besorgt. „Dann fliegt er, und im Fallen kann er nicht mehr singen. Er will doch, dass alle Welt seine Botschaft hört. Spricht sein Gott durch ihn? Ist die Stimme des Herrn so mächtig oder sein Kopf so voll von Stimmen, dass alles raus muss?", antworte ich.

„Hoffentlich ruft nicht wieder einer die Polizei", sagt Ina. „Nur noch ahnungslose Supermarktbesucher rufen sie an. Aber die Polizisten kommen nicht mehr mit Blaulicht und schon gar nicht mehr mit der Feuerwehr. Sie kommen erst, wenn sich noch mehr Leute melden oder wenn das Schauspiel schon vorbei ist."

Ich weiß, dass der Sänger als Aushilfe auf dem Blumenmarkt und für den Hausmeisterservice arbeitet. Ich nicke und antworte: „Wie viele psychisch Kranke laufen uns eigentlich jeden Tag über den Weg, ohne dass es zu einer Katastrophe kommt? Sind es nicht sogar die angeblich Normalen, die am meisten anrichten? Zum Beispiel die Raser auf den Autobahnen oder die Leute, die Meineide schwören, die stehlen, ihre Kinder oder Frauen schlagen? Die Texte der Lieder habe ich im Internet nachgeschlagen, denn sie sind von unten schwer zu verstehen. Ich finde sie gar nicht schlecht, leider konnte ich nicht alle im Internet finden."

Nun hörten wir ihn wieder klar und deutlich: „Wenn selbst ein Kind nicht mehr lacht wie ein Kind, dann sind wir jenseits von Eden … wenn man für Liebe bezahlen muss, nur um einmal zärtlich zu sein, dann haben wir umsonst gelebt …" – „Das ist doch ein Lied von diesem Nino di Angelo, oder ist es von Drafi Deutscher?", fragt Mani und lacht.

„Klar", sagt sie, „so eine Botschaft kann man nur von oben, vom Dach singen." Alle lachen, nur mir ist nicht zum Lachen zumute. „Ich muss los, die Praxis wartet", rufe ich ihnen zu und eile davon. Mani ruft mir zu: „Frau Doktor, bitte kommen Sie doch am Samstagmittag zur Einweihungsfeier unseres Gartens."

Harald Forst: „Gelbe Welten", Acryl auf Karton

Harald Forst

Gelb

Manchmal ist die Welt gelb. Dann fallen vermutlich viele verschiedene Ereignisse zusammen.

In China gilt Gelb als Farbe der Harmonie und Weisheit, und da fast jeder gern beides für sich in Anspruch nehmen möchte, bevorzugt man häufig Gelb als Farbe von Kleidung, Vorhängen, Hüten und Gegenständen, schmückt sich bei Festen mit gelben Stoffen, schmückt Räume und Straßen gelb, vor allem, wenn man ein Fest feiert, bei dem es um Harmonie, Weisheit und Unsterblichkeit geht.

Und dann feiert man in Mexiko Allerheiligen: gelbe Blumen werden an die Wege gestellt, gestreut, natürlich nicht ohne Grund: die Toten können Gelb besser erkennen als andere Farben. Und die Heiligen schleppt man an diesem Tag mit – auf zahlreichen Prozessionen, damit auch sie bzw. ihre Abbilder und Statuen sich am festlichen und frommen Gelb erfreuen können.

In Indien gibt es ein Hindu-Fest, das ebenfalls mit der Farbe Gelb verbunden ist und das man zu Ehren der Göttin Saraswati feiert. Gelbe Blumen gelten als Opfergaben, aber auch die Kleider sind oft gelb, denn Gelb steht hier für Wahrheit, Leben, Licht und für Unsterblichkeit.

Manchmal werden ganze Städte und Regionen gelb, wenn feinste gelbe Stäube aus den Wüsten Afrikas vom Wind bis hoch in die Sphäre geblasen werden und dann im Norden alles färben, was unter ihnen liegt. Sie geraten bis nach Europa und legen sich hier auf das Land, auf Häuser, Bäume, Autos, Straßen und Plätze, gelbe Grüße aus dem schwarzen Afrika.

Oder man ärgert sich über gelben Schmier, den Blütenstaub der Nadelbäume. Im Herbst sind viele Laubwälder und Felder in den gemäßigten Zonen goldgelb, was die Poesie beflügelt.

Manchmal kann man alles das und sicher noch mehr gleichzeitig aus „himmlischer Perspektive" erblicken und staunt über die Kraft dieser Farbe. Und wünscht sich, es herrsche auf diesem Planeten immer Gelb – Harmonie und Weisheit.

Zum Schwingen und Klingen bringen

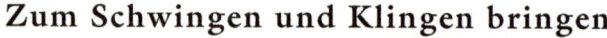

Sehen und Hören

mit dem
ganzen Körper

Klaus Jäkel

Jana

Im Ruheraum des Thermalbades der Aachener Carolus Thermen sind noch Plätze frei. Nicht mehr lange. Denn in wenigen Minuten, Punkt elf Uhr, beginnen hier die täglichen Meditationen. Entspannungsübungen, wie sie traditionell zum Wohlfühlprogramm der Therme zählen.

Als einer der Anleiter dieser Übungen lasse ich fünf Minuten vor Beginn die Sichtschutzrollos an den großen Glasscheiben des Ruheraums herunter, damit die Badegäste ungestört entspannt meditieren können. - Da sehe ich, dass noch jemand in Eile auf den Ruheraum zukommt. Im Rollstuhl. Geschoben von einem Mann, der mit der einen Hand noch um Einlass winkt. - Den kenne ich, durchfährt es mich. Ja, er ist's, der öfter in die Thermen kommt und schon vor längerer Zeit gefragt hat, ob er einmal Jana, seine dreizehnjährige schwerstbehinderte Tochter, mit zur Meditation in die Thermen bringen dürfte. Jetzt ist er hier. Mit Jana. An ihren Namen kann ich mich noch gut erinnern.

So winke ich ihnen einladend zu und öffne die Tür des Ruheraums. Es sind ja noch vier Minuten. Egal, was die Leute denken, sehe schon, wie manche irritiert den Kopf bewegen. „Bitte nur ganz kurz, nicht die ganze Zeit", sagt der Vater, „ich möchte nur, dass Jana einmal Ihre Klangschale hört, ich meine, ob sie die Klänge spürt, die ich ja immer mit dem ganzen Körper höre." – Jana, im Rollstuhl angeschnallt, ist jetzt nah bei mir. Aufgeregt knetet sie ihre Hände, verdreht die Augen und lallt vor sich hin. Ich nehme meine Klangschale in die linke Hand und bin dabei, sie mit dem Schlegel ... patsch! schon hat Jana sie umfasst, fest mit beiden Händen. „So nicht", sagt der Vater und zieht ihr die Hände auseinander. Dann biete ich ihr die bereits klingende Schale an. Platsch. Dasselbe. Beim nächsten Mal hält der Vater ihr die Hände so, dass ein Abstand zwischen Hand und Schale ... da ... Jana schließt die Augen, spürt und lauscht und horcht mit aufgesperrtem Mund. Wie verwandelt. – Rundum Stille. Betroffene Stille. – So lasse ich die Schale eine Zeit lang schwingen und klingen. – Dann schaue ich langsam auf die Uhr und nicke ihrem Vater zu.

Der versteht und zieht sich vorsichtig zurück. – Doch Janas Hände bleiben und spüren und hören weiter. – Mit Blick auf die Uhr unterbreche ich jetzt die Klänge. Da reißt Jana mir die Schale aus der

Hand, lacht – und hält sie ihrem Vater hin. – „Sie will, dass auch ich die Klänge spüre", sagt er, nimmt die Schale, reicht sie mir, ich schlag sie an und … Janas Hände wirbeln, lauthals quietscht sie, freut sich, dass nun auch ihr Vater … Den drücken Tränen. – Und ich muss wieder auf die Uhr schaun. – Da packt er stumm ergriffen Janas Hände, nickt mir zu – und zieht den Rollstuhl aus dem Raum.

Nach einer langen Schweigeminute beginnen wir mit der Meditation. „Hören mit dem ganzen Körper."

Noch habe ich das Bild vor Augen, wie Jana rückwärts aus dem Raum rollt.

Still bei sich. Abwesend und anwesend zugleich … *(ja, ich bin behindert – in euren Augen fall ich auf – und falle durch – die Raster des Normalen überall – und immer wieder – bin ich mir – und anderen zur Last – Torso – Bruch – Teil meiner selbst – nein – ich funktioniere nicht – nach Maß und Plan und Norm und Soll – ich lebe – unten – ganz unten – aus der Tiefe kann ich höher schaun – da bin ich ganz ich selber – ungehindert behindert – Jana)*

(Aus der Reihe „Laudato si")

Gesammelte Vanitas-Symbole

Tom Witkowski

Meine Vanitas-Symbole

Vanitas ist die Bezeichnung für die „Darstellung der Vergänglichkeit des Lebens".

1997 bekam ich während der Rekonvaleszenz nach einem Bühnenunfall in Essen das Blatt eines Bildes von Pieter Breughel dem Älteren in die Hand gedrückt. Daraus sollte ich ein Theaterstück formen.

Die auf dem Kupferstich von 1530 dargestellten Narren tragen bei dieser Zusammenkunft ihre Narrenkugeln bei sich. Diese Schweinsblasen waren ein Abbild von ihnen selbst, sie enthielten: kleine Erinnerungsstücke wie z.B. Geschenke von Fürsten für ihre Vorstellungen bei Hofe, Haarlocken der Liebsten sowie auch Erinnerungen an bestimmte Orte.

Jene Vanitas-Symbole galten als Mahnung an die Vergänglichkeit des irdischen Glücks.

Auch heute noch beschenken sich Schauspieler zur Premiere eines Theaterstücks mit kleinen Erinnerungsstücken, die in irgendeiner Weise Bezug zur dargestellten Rolle oder dem Stück haben. Diese

Symbole, auch virtuelle, füllen bei mir im Laufe der Jahre eine große Kiste.

Sie bedeuten auch: *„Leere, nichtiges Treiben, Prahlerei"*. Ich aber suche in den Symbolen immer nur die Wahrhaftigkeit.

Meine ersten Vanitas-Symbole waren kleine Hobelspäne aus dem Sägewerk meiner Heimat. Noch ganz frisch und sehr geruchsintensiv lagen sie neben den Fotos aus Schlesien, die ich in der Gasmaskentasche, neben Papieren und einer Notfallration an Lebensmitteln, auf unserer Flucht sorgfältig gehütet hatte. Später habe ich die Erfahrung gemacht, dass sie für mich persönlich auch eine Landschaft, ein Ort oder glückliche, erfüllte Situationen sein können. Diese fülle ich dann in meine „Virtuelle Vanitas-Narren-Kugel". Das Aufbewahren jener Gerüche, Geräusche, Gefühle, Ertastetes oder Blicke gerät hierbei zum Symbol, um es so lange wie möglich zu halten. Durch meine erzwungene Flucht wurde mir sehr früh im Leben auf spektakuläre Weise bewusst, dass sich die Momente des Glücks nur schwerlich für länger halten lassen. Mir fehlte so etwas wie der Ort der Orientierung, wie *„die Potte"*, zu der sich Kinder beim „Fangen-Spielen" flüchten und ausruhen konnten, bevor der Drall des Lebens sie wieder anstößt.

Solch einen Ort habe ich später mit Michaela und unseren drei Kindern im Westerwald gefunden. Dort hatte ich in einer Sägerei ein einschneidendes Erinnern an meine Kindheit. Die kleinen Hobelspäne lösten bei mir Geborgenheit aus, jenes verlorene Heimatgefühl glaubte ich wiedergefunden zu haben. Es sagte mir: „Hier bin ich angekommen".

Kurzbiographien

Harald Forst

Jahrgang 1945, lebt in Münster.

Psychiater und Psychotherapeut im Ruhestand, malt und schreibt, verheiratet, zwei erwachsene Söhne, politisch interessiert, zahlreiche Ausstellungen, Illustrationen zu 44 Shakespeare-Sonetten, Autor von zwei Büchern, die widerspiegeln, dass ihn „die leidvollen, hässlichen Seiten des Lebens nicht davon abhalten können, sich über die Schönheiten der Welt zu freuen".

Bücher:
- „Traumschaum und Sternenstaub", 2019
  ISBN 978-3-740750-3-12
- „Tief im Innern", 2020, erhältlich beim Autor

www.haraldforst.de

Michaela Halder

Geb. 1937 in Württemberg, lebt in Aachen.

Während ihres Lebens übernahm sie verschiedene Aufgaben am Theater, u. a. als Schauspielerin, Regieassistentin am Nationaltheater Mannheim und am Theater Aachen sowie im Leitungsteam des „Theater im Bonn-Center" in Bonn.

Kontakt über Tom Witkowski (s. u.).

Klára Hůrková

Geb. 1962 in Prag, lebt in Aachen.

Studium der Philosophie, Anglistik und Kunstge-schichte. Lyrikerin, Prosaautorin, Übersetzerin, Malerin, Dozentin.

Herausgeberin von drei Deutsch-Tschechischen Lyrikanthologien. Mehrere Buchveröffentlichun-gen auf Tschechisch, Deutsch und Englisch, zuletzt *Licht in der Manteltasche,* chiliverlag, Verl 2020, und *Západní okraj zahrady,* Dauphin, Prag 2021.

Mehrere Literaturpreise. Seit 2019 Mitglied im Tschechischen Zentrum des Internationalen PEN Klubs.

www.hurkovaklara.de

Mathias Scholz

Geb. 1948, in Cottbus aufgewachsen.

Berufsabschlüsse als Rinderzüchter und Zootier-pfleger, lange Zeit im Tierpark Cottbus, im Tier-park Dahme/Mark und im Tierheim Traunstein/Oberbayern tätig. Mit seiner Frau Christine, einer Kollegin, ist er seit 1970 verheiratet, sie haben drei Töchter.

Erste schriftstellerische Arbeiten ab 1995. Im Ruhe-stand seit 2006 in Brandenburg. Durch den Zuspruch ihrer Freunde und Nachbarn, dem Schriftstellerehe-paar Olga und Wladimir Kaminer, wurde er moti-viert, seine Geschichten zu veröffentlichen. Das erste Buch „Sundali" erschien 2015, danach erschienen „Tüschei" und „Aber Großmutter, warum hast du so große Ohren?" und das Kinderbuch „Das große Warumbuch" (auch in Blindenschrift).

Kontakt: info@margaretes-stickereien.de
　　　　 info@mathias-scholz.de

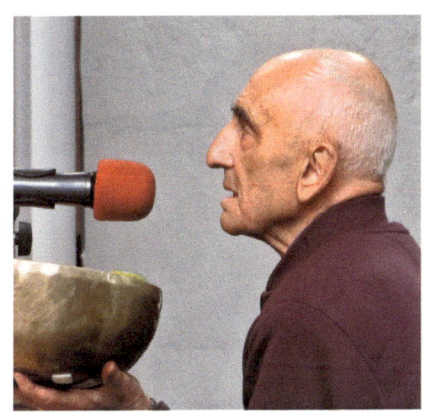

Klaus Jäkel

Geb.1936, lebt in der Nähe von Aachen.

Studium: Pädagogik, Psychologie, Philosophie und Theologie. Lehrtätigkeiten an Volks- und Hochschulen, lange Zeit Leitender Mitarbeiter bei missio Aachen, viele Auslandsaufenthalte.

Autor von Text- und Bildmeditationen, regelmäßige Veröffentlichungen in Kirchenzeitungen sowie im Herder Verlag.

Klangschalen-Meditationen in den Aachener Carolus-Thermen.

E-Mail: klaus.jaekel@web.de

Tom Witkowski

Geb. 1937, lebt in Aachen.

Schauspieler, Regisseur, Dozent, Autor, u. a. des Theaterstücks „Das Narrenfest", aufgeführt in Belgien, den Niederlanden und in Aachen. 2013 wurde in Brüssel sein Theaterstück „Die Zugvögel – ein Fest für Europa" in 10 Sprachen realisiert. Seine Biografie „Der Ritt auf dem Zeitpfeil Band I" ist im November 2021 erschienen. Außerdem die vierte Auflage von „Michaela & Tom", Sittengeschichtliche Dokumente der 68er in Versen. Er ist Mitbegründer des „Zimmertheater Tübingen" und spielte verschiedene erste Charakterrollen an bekannten Schauspielhäusern, u. a. in Mannheim, Düsseldorf, Oldenburg und Aachen.

E-Mail: tom@witkowski.actor

https://de.wikipedia.org/wiki/Tom_Witkowski

Friedel Weise-Ney

Geb. 1952 im Saarland, lebt in Aachen.

Ärztin für Allgemein- und Arbeitsmedizin, bildende Künstlerin (Malerei, Fotografie und texile Kunst), Lyrikerin, Autorin von 8 Lyrikbänden, 7 Prosabänden, verschiedene Veröffentlichungen in Anthologien und Kunstbänden, Gruppen- und Einzelausstellungen, Mitherausgeberin von Anthologien, verschiedene Preise für Kurzgeschichten. Viele, auch längere Auslandsaufenthalte, u. a. ein Jahr in den USA.

Bücher (zuletzt erschienen):
„Mit Schutzmaske ins Paradies" und „Aus_Wege" im Ralf Liebe Verlag.

www.weise-ney.com

Danksagung

Freundschaften entstehen oft durch zufällige Begegnungen, sie bereichern unser Leben.

Die Lyrikerin, Philosophin und Lehrerin Klára Hůrková, die auch malt, traf ich auf Lesungen in Aachen. Ihre besonderen Gedichte und Geschichten sprechen mit mir und klingen lange in mir nach.

Tom und Michaela begegnete ich bei einer Übungsstunde (siehe „Ausgebellt"). In vielen Stunden bei Kaffee, Kuchen und Vorlesen von Geschichten lernten wir uns näher kennen und schätzen. Ihre Hunde bellen mich nicht mehr aus, sondern nur noch freudig an.

Harald hat nach dem Lesen meines Buches „Die Heilige vom Sperrmüll" zu mir Kontakt aufgenommen. Er schickte mir seine Bücher, und ich war „baff", denn wir schreiben ähnliche Geschichten. Wir sind beide Mediziner, die auch malen und schreiben, und was sehr verblüfft: Wir haben die gleichen Wehwehchen ... gleiche Gene vielleicht?

Ich wollte mal wieder texile Objekte schaffen und suchte eine Firma, die Stoffe bestickt, daher habe ich per Mail bei einer Stickerei in Brandenburg angefragt. Sie gehört Mathias und seiner Frau. Sie konnten mir bei meinen künstlerischen Plänen leider nicht helfen. Da hat mir Mathias zum Trost seine bezaubernden und klugen Tiergeschichten geschickt.

Klaus Jäkel begegnete mir im Meditationsraum der Aachener Therme, dort bringt er die Besucher mit seinen Klangschalen zum Klingen und – wie mir geschehen – zum Schweben. Wer es nicht glaubt, soll es selbst nachspüren.

Ihnen allen danke ich, auch Ralf Wolf, der die Gestaltung dieses Büchleins übernommen hat.

Mit Euren tollen Beiträgen, auch den Bildern, habt Ihr dieses besondere Buch möglich gemacht.